孙惠芬

大家经典

我的稻草时代

孙惠芬 著

山东文艺出版社

序　言

十几年前,曾有朋友问我,如果你老了,在晚年时光,选一部自己的作品来读,你会选哪一部？我毫不犹疑地回答:我的长篇散文。我指的长篇散文,是当时刚刚出版的《街与道的宗教》和发表于《青年文学》杂志上的《我的稻草时代》。《街与道的宗教》出版后,我发现自己遗漏了我和稻草的关系,于是续写了《我的稻草时代》,也就是这部文集里的《草包铺》。我想将文集的名称重新确立为《我的稻草时代》,现在对我而言,街与道的具体随着年岁的增长已经成为一个时间的整体,成为稻草时代。

说起来,我不是一个喜欢怀旧的人,很少重读自己的作品,晚年是否能靠读自己的作品来打发时光,并不确切地知道。如此果断地回答,不过是出于对这部作品的感情。当时它刚刚出版,圈子内的反响热度还没有消散。那时心底埋藏着向两位伟大作家看齐的勃勃雄心,一位是中国作家沈从文,一位是俄国作家列夫·托尔斯泰。沈从文写下与自己童年、少年、青年时代有关的《湘行散记》,而托尔斯泰的那部自传体小说,直接取名《童年》《少年》《青年》。虽然我的书写是偶得的灵感,并非强行追随,在我走上文学道路之初,却是由于对两位伟大作家的作品的深爱才开始的。当我也写了与自己童年、少年、青年有关的作品,我希望自己年老之时，会因为自己有一部向伟大作家致敬的作品而身心安适。

当然，我知道，支持这样虚荣想法的最重要的一点，还是对这部自传体作品的自鸣得意。我的得意，不仅因为那里有我的来历，有我生活了二十多年的草房小屋，有在封闭与敞开中变转着季节的前门和后门，有从前门和后门延伸出去的院落、大街、田野乃至通向远方的土道，而且因为那供我成长的草房小屋、前门、后门、院落和土道上，流淌着恍如油脂般浓稠的亮锃锃的情绪——痛苦、欢乐、忧伤、烦恼、无助、恐惧……然而当这些情绪裹挟了一种看不见摸不着却无所不在的东西，在故乡的街与道上生成推动所有人向外出走的力量，那便有了一种宗教般的庄严和庄重了。在距我出生地山咀子东南方向不到十里路的地方，有一个历史悠久的小镇，叫青堆子，因为它十八世纪中叶就与烟台、天津、上海通港，后来又与日本、朝鲜通港，所以我的乡村很早就有了外来文化。当外来事物搅动了父母乡亲的日常生活，这引来外来事物的街与道加重了宗教般的质地，这质地使我知道我是谁，我从哪里来，我生命里的精神基因到底是什么。也就是说，当我为自己的来历留下了一部精神历史时，我预计我活到地老天荒的晚年，猛然回首打量来路，看到生命的轮回，或许会因自己没有辜负故土的赐予而归于安详……

事实上，十几年来，我也确实再没翻过这部书，我不仅不怀旧，还有些喜新厌旧，当生活中总有灵感闪现，当新开辟在文字里的疆土总是牵引你的思绪，落定在过往的文字自然就尘埃一样抛在脑后了。一部凝聚着心血的作品终归不是尘埃，可对我这样总被虚无感裹挟的人，过往的事物具有同一种属性——我的喜新厌旧的芯子里边，缠绕的是人生的虚无感。然而，有一天，这一切却一下子变得不同——

那是 2015 年 9 月的一天,我九十八岁的老母无疾而终,安葬母亲后我回到大连,由悲痛作底的虚无达到了极致。虽然老母弥留之际非常安详,可在她看我的目光里,有一种叫我难以承受的重量。从懂事起,我一直在享受这种暖心暖肺的爱的重量,可当你知道这重量会因一双目光的熄灭而消逝,黑暗的恐惧便将你抛向荒芜的虚空。为了抵抗虚空,我久久地坐在沙发上,搬来母亲九十二岁生日那天拍摄的照片。它镶嵌在一个很大的相框里,母亲一只手把着汽车方向盘,一只手拿着手机,大侄女喜欢搞笑,故意把奶奶装扮成开车的年轻人。然而看着看着,眼前的母亲与弥留之际的母亲重合了,一双慈爱的目光炽热地向我照射过来。这时,突然之间,我泪飞如雨——此时,我第一次真切体会了何为"泪飞顿作倾盆雨",你没觉得自己在哭,可是泪不知不觉就飞出眼角。就是这一刻,我一边平复悲痛,一边站起来,走向书架。我走向书架,并不知道自己要干什么,可是几乎是下意识的,就看到了那本书——《街与道的宗教》。

我抽出这本书,或许因为书里有母亲的照片,可当书一页页翻开,跟随母亲走进这书里,我便没办法不让自己沉到文字的缝隙,跟随流动着油脂般浓稠的亮锃锃的情绪,回到已然洞开的时光隧道……而这本《我的稻草时代》没有放进照片,原因是我更想让读者在文字中回忆起自己亲人的模样,走进自己的时光隧道。

从那个苍茫的白天到那个苍茫的夜晚,我把一颗悲痛空落的心安放到白纸黑字里。泪飞如雨时,母亲的笑容、身影、脚步,母亲的痛苦、无助、悲伤,便雨雾一样点点滴滴落进我虚空的身体里。当然,还有奶奶、父亲、大爷、大娘、哥哥、嫂子,以及所有亲人,还有那个叫山咀子的村庄,那个村庄里居住的乡里乡亲,那个包围在村庄四周的道路、河流、山丘、土地……那一刻我知道,体验生命的轮回,无须等到地老天荒——无论你是否喜欢怀旧,你都逃不过对血缘的追溯,对个人来历的追溯。

也是这一刻我知道,你有了一番经历,回到你生命的原初,是否能像伟大作家那样,为这世界留下自己的童年、少年、青年已不重要。重要的是,当你的心向过去敞开,在母爱目光的注视中回到童年、少年和青年,你看到的已经不再是向外的出走,而是向内的求索。而当你开始向内求索,虚无感自然消失……

或许,这就是此书再版的意义。

或许,它对于翻开此书的读者,会有更多不确定的意义。为此,感谢山东文艺出版社!感谢我的责任编辑王玉!

孙惠芬
2019年2月3日于大连鹏程家园

目 录

001 我的稻草时代	095 场院
004 东山岗	107 小夹地
013 老宅	118 南王庄
018 院子	127 南甸子
028 后门	134 小镇
033 屋檐下的小道	146 制镜厂
044 草包铺	163 坟地
057 前门	166 我喜欢朴素的力量
069 粪场	——与孙惠芬对话/姜广平
081 前街	

我的稻草时代

不知道从什么时候起,好像有一些年了。只要是午睡,只要是在透过窗玻璃的日光下午睡,一闭上眼睛,总能看见一个地方。那个地方有一个荒秃的山岗,山岗下边,散落着一些草房人家,草房人家前边,有一条凹凸不平的土街,土街前边,便是一片菜地,一片稻田,一片原野。这样的地方在我眼前出现,必然是喧闹的秋天,必然晃着金灿灿的稻草,必然贯彻着鸡鸭畜类混杂的声音,必然走动着奶奶、父亲、母亲,以及哥嫂亲人们的身影。而我,正是在这喧闹的季节里,在大人们中间,在日光下,挓挲着两个朝天锥似的辫子,房前屋后没命地疯跑。

在房前屋后疯跑,是我在日光下午睡必然光顾的场景。日光下的午睡,根本不是什么午睡,而是一次与童年的约会。这样的约会,发生在正午,是因为正午的寂静。由日光而呈现的辽远的寂静,更接近乡村的情境。我在这样寂静的正午,看到了我的童年,童年的秋天、马车、田野、疯跑在土街上的我……可是,常常是,跑着跑着,一个激灵,突然地,就醒了过来。当我从与童年的会面中醒来,心里会不由得掠过一丝疼,那种丢失了什么珍贵宝物，再也找不回来了的疼，于是，我热泪盈眶……其实这疼，是在刚闭上眼睛，一触及那样一个闹嚷嚷的地方时，就隐隐感到了的。因此，多少年来，我既盼午睡，又怕午睡。盼午睡，是盼温习真正的童年时光；怕午睡，是怕触及那个地方、那段时光。因为那样一个与地方有着联系的童年绝不会再来。

我不知道，是不是每个人对时光流逝的感受，都要通过一个独特的场景。也不知道，是不是在每个人的内心深处、灵魂深处，都有着那样一个地方，它让你看到你在这个世界最初的模样，看到你与这个世界最初关系的缔结和形成。从而，让你无时无刻不在逃离它，让你在逃离的同时，又无时无刻不在怀念它，怀想它。

反正，我是这样。眼前的村庄与稻草，就是我无时无刻不在逃离，又无时无刻不在怀想的地方。它是我的出生地，叫山咀子。我在以往的作品中，凡写到故乡，都以十里洼相称，因为从海边小镇到山咀子，要走十里土道，而这十里土道的路程，是一程一程洼下去的，仿佛是一点点走向了盆底儿，走向了一个很小的地方。我在虚构的作品里，尊重了个人对故乡的真实感受，却不难看出，是站在了小镇人的角度，是以走出者回头看的眼光。实际上，山咀子在我童年的生活中，向来就不低洼，也不狭小。它的每一块坡地，每一道土岗，每一条道，都足够大，足够高，也足够长。我在那里生活了二十多年，穿行了二十多年，就像至今也无法弄清，究竟从哪一天开始，一午睡就能看见童年的乡村一样；时至今日，我一直没有弄清，到底是哪个时辰，算作是我对故乡的真正告别。是大哥在乡下为我操办了一场结婚宴席之后，用130型汽车把我送到小镇婆家的那天吗？是在此之前，接到通知，到省文学院上学的那个春天吗？是考到小镇制镜厂当画玻璃画的工人的那一天吗？还是更早的什么时候？我无法弄清，反正我离开了它，且越走越远。

如今，我已经五十多岁了，身体上与这里的分离已有三十多年，可谓在外面经得了风雨，见得了世面。也许正因为如此，再次站在家乡的东山岗上，觉得坡地不再那么大，街也不再那么长，岗也不再那么高了。这里的地真是小得不能再小，街短得不能再短，岗矮得不能再矮，几乎可以算作破落、荒凉。眼前的世界，让你怀疑它还是不是童年那个偌大的世界，好在那些稻草仿佛依然生长着，穿越着时代中的记忆。

因此，我知道，对于我，它是不是那个世界似乎并不重要。重要的是，我的心中，是否还盛装着童年里那个大得不能再大的世界，是否还盛装着那街与道的宗教，是否还盛装着我的稻草时代。

东山岗

　　山咀子没有山，却要叫山咀子，大约就因为这个岗了。这个岗其实也不是什么岗，一个土坡而已，然而就像一个没有大悲痛的人手上割一道小口也能叫上半天一样，一个没有高山峻岭的地方，将一个土坡称作山岗，实在没什么不可以。山岗一东一西，隔着两个屯落，东面的屯落叫八里庄，是相对青堆子小镇而言；西边的，因为岗中间辟开了一条道，像张开的嘴巴，人们就叫它山咀子。在山岗西边，有特点的地貌到处都有，比如屯子北边有一块地，中间高两头低，人们叫它罗锅腰；比如罗锅腰旁边有一块地，一节高一节低，人们叫它二节地。人们为什么不把岗西的屯落叫罗锅腰或二节地，而叫山咀子，这一点，从小到大没有人告诉我。我曾问过父亲，问过奶奶，他们都说不知道，说亘古就这么叫。他们不知道山咀子为什么叫山咀子，却知道山咀子原来不叫山咀子，叫过周山咀子，又叫过李山咀子。这是山咀子街上老辈人都知道的事情。土改前，山咀子有个大地主，叫周志官，有房有地有长工；周志官之前，有个叫李象山的大地主，有房有地有长工。谁统治山咀子，山咀子前边就加了谁的姓。我的堂姐，至今还住着周财主时代的黑砖黑瓦的四合院，叫于家大院。这种说法，对我没有意义，因为他们还是没有说清山咀子为什么叫山咀子。我想，大凡地名，有一些是有历史渊源的，比如河南的周口市，是因为在周口店的地方发现古人类的化石；比如湖南岳阳市，是因为其境内有一个无人不知的岳阳楼。而另外一些，只是当事人信口开河而已，就像奶奶崇拜孙中山，就把她的重孙子，我的侄子取名叫孙永科，因为孙中山的儿子叫孙科。她一生喜欢听梅兰芳的戏，她就给我的侄女取名叫孙笑青，因为梅兰芳唱了一辈子青衣。山咀子这个名字的由来，一定属于后者，是当事人因了自己的心愿信口开河所致。因为山岗子上那条形成了嘴子的这条道，是通向小镇，通向外边唯一的道。上学之后，我在课本里，知道道也叫路，或叫道路，但在乡下的时候，我和村里人一样，在心里只认道而不认路。我是说，当事人信口开河把岗西的屯落叫成山咀子，一定是表达了他对这条通向外边的道的崇拜，不然没有任何可以解释的理由。

因为东山岗嘴子上的这条道通向小镇，我老家山咀子屯里的每一条街，则都通着这条道了。这仿佛一个有钱有势的权贵，四方散住的人家都要同它巴结。它一个急坡从山岗下来，穿过屯子前边直往西去。它在前街与东山岗中间，又岔出了后街，岔出了通向山咀子学校和大队的土道，岔出了通向东山岗后边人家的东山街，岔出了通向生产队粉房的粉房街。还有一些人家，有孤零零的房子，既不在前街，也不在后街，也不在东山街。这样人家的房前或墙外，必有一条小道伸出来，九曲回转之后，急匆匆地与之相接，仿佛只有相接了，孤零零的房子才不孤零了。

我在很小的时候，常为我的家乡叫山咀子感到害臊，觉得这是一个很丑的名字，有龇牙咧嘴的意思，还有穷的感觉。山嘛，有山的地方怎么能不穷？穷还不要紧，还要咧着嘴。记得刚上学时，老师问我是哪个屯的，我支支吾吾，脸都涨红了，就是张不开嘴。同学们一个个都理直气壮地报了自己的屯名，什么于屯、唐屯、下河口、小王屯、徐炉、八里庄。我看着他们，心里气死了，到最后不得不说出山咀子，同学们蓦地哄堂大笑。同学笑我，是因为我终于憋出一句话，而当时的我，却以为都是"山咀子"三个字惹的祸。那时，我对爹妈把我生在山咀子这个地方隐隐有些不满，并且感到自卑，下课跳格子、踢毽子，从不敢往外屯同学跟前凑。当然，这种自卑感只跟了我一年。一年后，当我学会了加减法，能够很痛快地算出一百以内的数字，父亲领我到小镇集市卖猪崽儿，我才知道，山咀子，在我的童年时代，是十里八村最富裕的屯子。

父亲带我卖猪崽儿，并非真的需要我算什么数字，只为宠我——父亲一生就我一个女儿，也为让我为他领路——父亲五十岁开始，就双目失明。父亲一进集市，就大声招呼，山咀的猪崽儿，山咀的猪崽儿，快来看啊。我正为父亲说出了那样丑陋的地名不安着，买猪崽儿的人们轰的一阵，就围拢过来，说看哎，看山咀子的猪崽儿，多龙兴，毛多黑，腿多长。人们一边嚷着，一边就将一条条猪腿提起来，于是你一头我一头一抢而空。卖完猪，父亲把我放到车座前梁，一蹿一蹿，离开了集市。我能知道父亲的骄傲，十九只小猪崽儿的价钱都是我算出来的；父亲却不知道我的骄傲，山咀子在外人眼里，竟然有这么高的威望，连猪都不一样！

不再因为山咀子这个地名而自卑的我，在后来的日子里是个什么样子，我似乎已经忘了，但对山咀子、东山岗的感情，对东山岗上那条道的感情，一直记忆犹新。对道的感情，自然影响到对岗的感情，因为道在岗上，道和岗无法分开。我最初对东山岗的感情，是因为一座庙堂。山咀子的庙堂，就建在东山岗靠北的断壁上。辟道，必辟出断壁，断壁的土质是沙白的，有着饼干一样的颜色。其中夹杂的沙石，颇像老式饼干中的砂糖。我喜欢庙堂，倒不是因为庙堂背后的沙石像饼干，而是在我刚记事的时候，那里是大人孩子最热闹的去处。大年三十，家家户户都要打着灯笼，排着长队，在庙堂前放鞭磕头，请祖宗回家过年。那时，我才三四岁，我跟在哥哥们后面，集中精力，在鞭炮声中寻找祖宗踪迹。大人们说，要请的祖宗不是活着的人，他们只是一缕烟。而端午节和八月十五，又要跟母亲到那里烧香烧纸祭鬼神，这时，我要抱着厚厚一沓黄纸，跪在母亲身边，听母亲一遍又一遍乞求上天的保佑。其实不管是请祖宗回家，还是祭奠跪拜，都不能直接给心里带来快乐。小时候，逢年过节，最直接的快乐，是吃好穿好又可以不干活。可是，因为这快乐的到来总要有个仪式，这仪式又总要到庙堂这样的地方，庙堂在我心里，也就留下了最美好的印象。

在我小时候，最热闹的日子还不是逢年过节，而是谁家死人。那时，我并不知道死了人有多么不好，也并不知道人们手里拿着彩纸扎的花棍，高举灵幡，一遍一遍去庙堂跪拜，是为了向亡灵报到。这就像人生下来都要到民政局报户口一样，人死了，也要有一个隆重的仪式，要敲锣打鼓吹喇叭，到庙堂给亡灵报到。那样的热闹，往往要持续三天三夜。东山岗的庙堂前，此时，就是一个剧场，一个戏台，鼓乐声震天动地。我夹在看光景的孩子们中间，夹在披麻戴孝的人群里，拼命地钻来钻去。应该承认，我在那样的三天里并不轻松，且没有一点实质性的收获，因为死了人的宴席，小孩子是不许参加的。然而，我却觉得获得了无比巨大、无比隆重的快乐。因为村里一死了人，大人们就变了，变得异常平和，再也不是一看你疯跑就揪住你的耳朵大发其火，他们常常柔和地看着你，显得极有耐心。最重要的是，当屯街上响起经久不息的锣鼓声、鞭炮声、喇叭声、哭声，我会觉得我身上仿佛充进一股气儿，我像风筝那样飘起来，直往天上去。

如同好多年来，我和我的乡亲们，都不知道山咀子为什么叫山咀子一样，好多年过去，我一直不知道那样热闹的庙堂为什么要建在东山岗，而不是北山岗或西山岗。多年之后，我的奶奶去世，庙堂已经不在，大哥和堂哥们却仍然要在东山岗虚设庙堂给奶奶报到。我才明白，这似乎同样来自建庙人对于道的崇拜，它通着小镇，通着外边。当事人一定希望亡灵在升天之前，到小镇，到外边更远的地方去遛上一圈，然后再一去不还。或者，当事人认为，升天之灵，必从这条道出走，才会真正走上通往阴间的康庄大道。

1966年，东山岗断壁前的庙堂轰然坍塌，当时只有五岁的我，还不能懂得，是人们自动毁掉它，更不能懂得驱使人们自动毁掉它的那股力量，正是来自外边，来自山岗这条道通着的外边。值得庆幸的是，盛满了最巨大也最隆重的快乐的庙堂坍塌了，我童年的快乐却没有坍塌。只是它不再那么巨大、那么隆重了，它不是某种氛围和气势，也不需要人群的烘托，它一点点变成我一个人的事情了。它因为变成我一个人的事情，显得纤弱、单薄而绵长，如蜘蛛吐出来的丝线。它最大的好处，是每天都要来到我的心中，而不像死人的事，再热闹也不会经常发生。

它依然来自东山岗这个地方，依然与山岗上那条道有关，它是以静默的方式出现的，这与庙堂前的热闹完全不同。它一点都不热闹，是静默的，是孤独地守护着的，是不能与别人分享的。它看上去是在等待，但一点都不熬人，似乎等待愈久，心底那股快乐愈是强劲。常常要在下半晌，太阳烧饼一样吊在了西天，那股快乐便渐渐从心底的某个部位脱颖而出。只要感觉到它脱颖而出，我便从家悄悄走出来。如果是冬天，就走过长长的院墙，如果是夏天，就从后门口窜出，走过短短的屋檐。不管前门后门，最后都要来到山岗下的土道，都要走上东山岗，在那里静静地眺望——

我在等待大哥。大哥在青堆子小镇上班，是当时山咀子在小镇上唯一的工人。我知道大哥在沈阳读过两年技校，是小镇上无人不晓的汽车、拖拉机修理大拿，还是后来的事情。事实上，山咀子的威望之所以在十里八村那么响亮，就因为出了大哥这样有影响的人物。我等待大哥，盼望大哥下班，其实是愿意看到大哥骑自行车回家时，给奶奶、父亲、母亲及大嫂带来的欢喜。他们难以掩饰的欢喜，让我幼小的心灵体会到了一种类似骄傲的情绪。那骄傲很像后来跟父亲到集上，了解到山咀子在外面的威望时，涌起在心底的骄傲，却又不完全相同。集市上人们对山咀子的高看，只存在在记忆里，不细想还好，越细想越觉得飘忽。而奶奶、父亲、母亲、大嫂看大哥走进家门时的样子，是那种生了根的，是那种不用细看，一瞥之间就能长出叶开出花的。

从对一个热闹场合的热衷，到独自的对大哥下班回家的盼望，其实跟庙堂的坍塌毫无关系，这只是时间的巧合。在我六七岁的年龄,我已经懂得体会大人们的心情,我的快乐来自大人们的快乐。大人们在一天的活干完之后,一个让他们骄傲的人的回来而荡起的心底的快乐,不自觉间就影响了我。

  大哥给他们带来快乐,是怎样积蓄着我心底里对大哥的盼望,这一点只有我自己知道。我站在烧红了半边天的霞光里,远远地向着八里庄眺望。那里也有一个山岗,那个山岗不断地晃动着一些身影,那些身影都是慢慢悠悠的,如一头老牛。大哥不会是这样,大哥一出现,就如箭样飞快,因为大哥骑着自行车。那时候在我的老家,没有几个人有自行车。终于,大哥出现了。大哥的车子骑得很稳,但也能感到是箭一样地飞快。大哥迎着通红的霞光。霞光——是我在那样一个默默地盼望中永恒的景色,即使偶尔碰上阴雨天气,它也是那样明晃晃地映着我的眼睛。大哥迎着霞光向我骑来,穿过八里庄的小河套,越过河套边的土岗,向我站着的东山岗骑来。这时,若我发现大哥已向东山岗骑来,我会蓦地转过身,飞也似的冲下山岗,向家跑去。我的心跳到了嗓子眼,我满头满脸都鼓荡着因跑动而带起的风。我跑回家,却并不大喊大叫向大家报告消息,我深深喘息一会儿,而后缩在后门口。如果是冬天,就缩在院子里,在那里屏息敛气,再一次静静地等待。这一次的等待,有着玩味的意思,欣赏等待的意思。有时,大人们正忙,不会看到大哥的身影,但有一个声音,他们是无论如何都能听见的,那就是大哥放自行车时咔嚓的一声。那一刻一旦降临,我便挨个去看大人们的脸。这响脆的一声,是我后来听到的所有音乐合到一起,都无法达到的一种美妙。奶奶和父亲一样,性格外向,一瞬间,笑爬满了眉梢;而母亲和大嫂比较含蓄,没有表情,但干活的脚步却嗖嗖地快了起来;我的心底，顿时汪出了一罐蜜……

　　东山岗带给我盼望的快乐，一直持续到上小学一年级。后来，我的二哥、三哥，都在大哥的帮助下，走出山咀子，在小镇当上了拖拉机手。他们常常把拖拉机、汽车开到东山岗，开到家门口。走出去的人多了，大人们的骄傲粗壮起来，也粗糙起来，如同细粮吃得多了，香也不觉得香了。走出去的人多了，我的盼望，也不再是纤细的丝线了，我动辄就在大门口喊，大哥回来啦——二哥回来啦——这种虚张声势，因为过早、过多地释放了快乐，使他们真正到家之后的快乐大有所减。但得承认，这又是另一种滋味的快乐了。当声音穿过耳畔震动了草垛、院墙，一种为天地所接受的响彻云霄的震撼，会使我浑身的毛孔瞬间耸立。

　　可是，没有多久，一件事发生了。这件事的发生，将东山岗带给我的快乐，从我童年的生活中彻底抽去，如同一根柴火从我正烤着的身边抽走。那其实不是冬天，是与冬天对立的夏天，抽走火，是说一种感受。那一天是阴天，天上下着细细的雨丝，我和奶奶坐在后门口屋檐下择芸豆。我们择着择着，就听东山岗传来哭声。它先是细细的，如山鹰的歌唱，后来，当声音一点点逼近，就变成了呼天号地的痛哭了。出于好奇，我站起来撒腿就往外跑。见我跑，奶奶在后边大叫一声，小兔崽子，你给我站住。我站住，回头看奶奶，只见奶奶手撑地面，趔趄着站起，一颤一颤走上前，将我搂住，孩子，不去，你不能去。我愣愣地看着奶奶，不知道发生了什么。这时，我听到了我熟悉的声音，母亲的声音。母亲的哭声，在此之前，我其实是从来都没有听到过的，但不知为什么，我一下子就感觉到那是母亲的哭声。当听到母亲的哭声，我猛地挣脱奶奶，向道边跑去。跑到道边，我看到了这一生都不想再看的场面:母亲、大舅母,正披头散发趴在马车上,马车上盖着一些长长的白布。大舅母哭不出声,身子一抽一抽,只有母亲的声音穿过空气,在屯街上回荡。

尽管当时,我还不知道死的人是我的大舅,不知道我的大舅因为熬不住逼供,跳了水库。但因为是第一次见到母亲哭,第一次见到自己的亲人因死了亲人而哭,我的心顿时抽筋一样疼痛起来,猛一回头,扑到奶奶怀里。

奶奶并不是确切地清楚大舅真的死了,来人把母亲叫走时,只说大舅出事了。奶奶当时喊我,是突然间的预感。奶奶预感到大舅出了人命,怕我受不了打击。长大后,奶奶这样跟我说。是这一次,我知道,死人的事也会降临到自己身边。它一旦降临自己身边,降临亲人的身边,你的心便会抽筋一样疼,并因了这种疼,你再也不觉得热闹,再也不觉得好玩,它往往越热闹,越叫你受不了。也是这一次,我第一次看到,从东山岗那条通往外边的道上走回来的,不只是快乐,还有悲恸、恐怖。

从此,一个孩子与一个道口的感情,便像遭了雷击的蛛网一样,彻底地断掉了。

从此,一个孩子长大成少年。

老 宅

这就是我家的老宅,是我进进出出近二十年的房子。现在,你能够看到,它已经相当的破旧和衰败了。那天,为了写这部书,小镇上的大哥开车送我回到这里。我几乎不敢相信我的眼睛,正房还是原来的正房,院墙还是原来的院墙,厢房还是原来的厢房,甚至猪圈的位置、偏厦的位置、厕所的位置。都没有变。可是到底变了什么?

我是我们兄妹四个当中,唯一生在这里的人。我出生的时候,这里还是崭新的。在此之前,我们家住在前街于家大院,就是现在仍被堂姐住着的,大地主周志官留下的大院的西厢。父母在那里生了九个孩子只活了三个。奶奶年老后一直跟母亲过,七十年代中期,有一场奶奶离开母亲去二娘家的风波,它差一点毁了母亲、奶奶、二娘,三个人。这都是后话。八十年代,母亲养育的三个儿子都娶媳成家,人口猛增到十八口,父母在这里统领着十八口人的大家庭,一直过到1981年,父亲又在院子前边盖了六间房子,二哥三哥每人三间,将他们分出去。大哥大嫂以接受了伺候奶奶、父母为代价,从父母手中接过了当家做主的权力。

这是一份相当沉重的权力，为此我永远感谢我的大嫂。

这个大院，自从被父母住过，一直有着兴旺发达的迹象。二哥三哥从这里走出，我从这里走出；到了大哥大嫂时代，大侄子侄女又从这里走出，在小镇上开车，当工人，挣着工钱不菲的年薪。院子里的厢房，即大哥大嫂时代的产物。新主人新生活要有新的气象，大哥便在院子里盖起了倒置平房，乡下人叫楼座子。这是山咀子这片土地上第一幢盖起的楼座子。多少年来，我的大哥总是不断地在山咀子创造第一：第一个买半导体收音机，第一个安电灯，第一个在家门口打压水井，第一个买电视。刚买电视那阵，每天晚上，这个院子里都像放电影一样聚满了乡亲。我是说，楼座子盖起之后，外墙上粉刷了淡绿色涂料，在屯子里简直成了一景。

这时，奶奶已经去世，父亲五十岁双目失明，盖完新房后又得了脑血栓，右侧身子瘫痪并失语。父亲经治疗后能走动时，第一件事就是用手去摸楼座子的一墙一角。后来，1989年，大哥又弃掉拥有乡村一景称号的孙家大院，第一个将乡下的家迁往小镇，父亲知道消息，一次次号啕。父亲的哭，不仅仅是为了楼座子，还为整个一个大院，这里装满了他的气息、他的生命。

大哥带着父母搬走后，房子有了新主人，他叫李开英，我们叫他四哥，一个印象里相当忠诚厚道的人。他也三个儿子，在他没买大哥的房子之前，谁也没想到他会有这个念头，因为他确实不是一个能一下子拿出一万两千块钱的人。他的日子一直很苦很累。但是，他真的买了，他一次性将钱摆到大哥面前，这令大哥以及屯里所有人都惊诧不已。很显然，促使他下这么大决心的动力，就来自于孙家大院多少年来兴旺发达的气象。在山咀子，当时很少有人会怀疑这个院子的风水和气象。李开英四哥刚搬过去,就给三个儿子分了家,连同买这个房子借下的债务也一分为三。那时三个儿子只一个结婚,最小的儿子才十几岁。十几岁的孩子,还不曾阅历真正的人生,那个承载着债务的真正的人生就悄悄地伏在了他的背上。他的父亲这么做,却没有一点压力和不安,因为那个想象中发达的日子就在前边等着他。

谁知,当孙家大院变成李家大院,疾病便仿佛被人捅了窝的马蜂,四处飞散无孔不入。先是做父亲的闹病,后又是大儿子闹病。当做父亲的斗不过顽固的病敌,抱憾离开人世,他的二儿子也得了肝病。十几年来,李家父子、母子及媳妇在与疾病、与疾病笼罩的日子顽强地抗争中,一点点溃散了对昔日孙家大院的信心,他们越来越执著地相信了一种说法:这个院子的东厢房破坏了风水。说自古以来,厢房必须比正房矮,尤其东厢。东厢房高了,欺主。

大哥在院子里盖的楼座子,确实比后边的房子高,因为它释放并凝固的,正是大哥日子一日日兴旺发达后高昂的心情。这种说法,没办法不征服院里的主人和院外的邻居,因为人们稍加思考,就不难想到我父亲的病。父亲后来偏瘫失语,就是在这楼座子盖起之后。厢房欺主的恐怖仿佛一片黑云,重重地压迫着李家大院,使李家的后人们慌不择路。大儿子靠当民工挣了钱,早早就到外边盖了房子。二儿子肝病缠身,吃药欠了一大笔债务,再加上没结婚就分来买房子的债务,盖不起房子,就在山咀子最南边的一块地里搭起窝棚,躲避欺主的幽灵。

在这个衰败的院子里,我有幸见到了李家的老二,他当时正在他分得的房子里归拢杂物,见到我赶紧迎出来。他叫李生军。

在我还在乡下的时候,他才是七八岁的孩子,满脸的稚气。如今,他面色蜡黄、嘴唇干裂、衣衫不整,已经是饱经忧患的老者的神情了。他跟我讲述他的生活时,流出了浑黄的泪水。他说因为肝病,去年差一点丢了命,躺了一年,自从到外面盖了窝棚,才一点点爬起来,才能干点简单的活,但想上外面出民工挣钱是不可能的。他说,眼看着这么一排房子闲起来,怎么说也不甘心。我问,那么不如把厢房拆了,既然相信是它破坏了风水。生军眼里边的泪花顿时雾一样散开,仿佛我的话是一缕难得的风。他说,谁说不是,可是俺家老三和俺妈坚决不同意,倒找钱都不行。那厢房是老三分的,他现在和俺妈住在厢房里。

这时,我才记起,我叫四哥的人走了,还有我的四嫂呢。前些年回来,在厢房里,曾见到过她和她的小儿子、儿媳,她比以前胖多了,说话声音依然响脆,对日子很知足很有信心的样子。当时,我不敢相信我的感觉。怎么说,她也是一个母亲,一个母亲看着自己的儿子如此艰难,怎么会无动于衷?堂姐说,她就是心宽体胖那种人,愁不在心里。现在我想,她不答应拆迁房子,是不是欺主的东厢房影响正房的风水,却十二分地有利于住在厢房里的主人呢?或者,他们根本没有条件再做迁移,毕竟小儿子下学(辽南方言,不再念书的意思)晚,又才娶了媳妇;或是别的一些有关清官难断家务事的原因,比如三儿子不移,做母亲的没有办法?

这一回,我没有见到我的四嫂,我无法弄清楚真正的原因。我甚至有些怕见到她,怕弄清真正的原因。因为不管是哪一种原因,都是我不想看到的。

不管怎样,昔日在我眼中的三个孩子,如今已为房子的事闹得不可开交,几乎形同路人;不管怎样,昔日在我的生活里无比繁荣昌盛的孙家大院,如今已经荒芜得没有一点人气,这是事实。

过日子的气象,离不开人的创造,人创造的一切,又反过来影响着人。我不敢肯定地说,老家大院的衰败,真的与那个高出正房的楼座子有关,我只深信一点,没有不败的美景,如同没有不散的宴席。兴与衰,成与败,本是人间常事,是历史的必然,生活的法则。只是这样宏观的法则,作用到微观某个家庭、某个人的某一段日子,便要生出悲剧和喜剧,便要生出痛苦和幸福,承受,便成了每个弱小生命抵抗那个必然法则的永恒命运。

院　子

　　在我的老家,在山咀子,过日子的气象,不是从房子上的质量体现的,不是从人的穿着打扮体现的,它甚至也不是这一切的总和。你穿的总是比别人强,你锅里的菜总比别人油水多,你的房子是瓦房而不是草房,这并不意味着你的日子有好的气象。在山咀子,过日子的气象,是通过院子体现的。院子,包罗了这样一些景致——院墙、草垛、猪圈、鸡窝、鸭窝、院坑、水沟。也就是说,只要你有一个结实周正的院墙,你的门口,有一个永远也烧不完的草垛;你的墙里,有一个宽敞、带篷的猪圈;你的墙边,有不碍眼又很正规像样的鸡窝鸭窝;你的庭院中央,有石砌的方正的院坑,有能将院子里的积水及时排掉的水沟——你即使穿得很破,吃得很差,房顶没瓦,也没人笑话。

　　这一应构造,之所以体现了主人过日子的气象,是说它透露的是主人内在的东西,是兴趣、心情、精神。它不需要金钱等附加条件,它透出的是人的精神,如同一个身中枪弹的人在战场上仍能威武英勇所向无敌。当然,更关键的是,它在细节上,从根底里,透露了主人对生活的热爱。院墙垒出的,是眼睛里的美感；草垛里深藏的，是身子底下的火热；猪圈鸭窝里展示的，是对生灵的尊重；院坑里积攒的，是给庄稼的营养；水沟里流走的，是阴天下雨的烦恼。它们是院子里的全部，是院子之所以成为院子的原因，也是庄稼人住家过日子的全部。真正的庄稼人，不讲吃不讲穿，讲的，就是这样的过法。所谓过日子，也便是指在院子里一日一日地投注的精力、心力、时光。

如今，没有人为这院子投注精力、心力、时光，这院子怎么还会有以往的气象呢？

这个院子，真正兴旺的时光，还是父母当家做主的时代。大哥大嫂在这里虽然日子过得红火，但他们很快搬走了，那红火只是他们的最初，他们更大的红火是上了小镇以后。父亲母亲从奶奶的大家庭分出之前，从周志官留下的于家大院搬出之前，日子是什么样子，我无法知道。我唯一知道的是，在这个不足二百平方米的院子里，他们投注的，是他们的整个生命。尤其是我的小脚母亲，她在鸡鸭窝前忙活，在草垛与院子间走动，几十年里，几乎很少走出院子。

在我童年的印象里，除了夏天到河套里洗衣服，秋天到场院里扒苞米，年头岁尾，回姥姥坟地烧香烧纸，母亲真的很少走出这个院子。母亲不走出这个院子，并不意味着不走道，我常常早上一睁开眼睛，就看到母亲的小脚，她颤颤巍巍地扎着围裙在院子里走，瘦小的身影风一样一飘一飘。

我们家的院子，有着许多只属于母亲的道，从堂屋到猪圈，从堂屋到鸡窝鸭窝，从堂屋到院坑边，从堂屋到门口草垛头，从堂屋到偏厦装秕子的囤子旁。这些道都通着堂屋，堂屋是起点，又是终点。它们在院子里会合，然后伸出去，伸到门口草垛边，院墙外，伸向东山岗掼下来的那条道。它们在院子里会合，如同村子里许多街和道都与东山岗掼下来的那条道会合一样。但母亲的道只通到草垛边就终止了，草垛外边的道，不属于母亲。那是父亲、奶奶、哥哥、嫂子和我的。母亲的道没有坡，没有岗，没有任何标志和痕迹，它们几乎就是院子的全部，却有着怎么也扫不净的鸡屎、鸭屎和泥泞。因为院坑的积水，总要被鸡鸭带到院子里。母亲用来蹚道的鞋面，便常年沾满烂泥和屎粪。如果春天积雪融化，夏天细雨纷纷，母亲的鞋，便里里外外都是湿的了。

在我家的院子里，还有一条母亲的道，它在屋子里，它与堂屋隔着母亲的屋、二嫂的屋、三嫂的屋，它是我们家最最东边那个闲屋。它一面通着住屋，一面通着院子，因为这间屋单独开了门。尽管只是一间屋子，这间屋子里的道却是无限长，要多长就有多长——那是常年用来推磨的磨道。

那时候，还没有粉碎机，一日三餐吃的苞米，都要用石磨推出来。推磨的，当然不是人，是驴子，是生产队专门用来轮流给大家推磨的驴子。可是，我们家是大户人家，人吃得多，养的畜类又多，驴推一个轮回推出的苞米根本不够吃，人推磨便成了经常的事了。显然，推磨的活，只能是我和母亲。那样的日子，母亲歪扭着小脚，一步一步，真是叫人心疼。即使有驴推，母亲也要在磨道上一圈一圈收着磨碎的面子和碴子。这样的劳动，往往是一周一次，一次一个上午。一个上午，推出一大笸箩面子和碴子，将面子和碴子用粗箩和细箩罗出粗粮和细粮，要耗掉母亲推完磨之后一个星期的闲暇。也就是说，几乎没有哪一天，母亲不是在东屋磨道里打发时光的，能够伴随母亲并偶尔帮帮母亲的，也就是幼小的我了。

在我十几岁的时候，母亲已为三个哥哥娶上媳妇。有了三个媳妇，做了三个媳妇的婆婆，这样一些活路，是要分给三个媳妇做的，可是不知为什么，母亲全揽在了她自己的身上。我的奶奶是封建家长制的典范，从小受四书五经的熏染，最是讲究婆尊媳卑、男尊女卑，颇看不上母亲这种挓挲着小脚，大包大揽的样子。奶奶常常借别的由头指责母亲：看你那小老婆调儿！小老婆，妾的意思，奶奶说的小老婆调儿，是说母亲没有婆婆威风。据说，奶奶做婆婆时，可是抖尽了威风，除了主持家里家外的大事，比如添粮卖车，喂猪喂鸡的活路是一律不管的。奶奶的话，母亲听着，就像没听见一样。奶奶其实高抬了母亲，母亲哪里还有什么调儿！母亲从来不接话，也从来看不到委屈。

母亲虽是乡下人，却也算得上大家闺秀，我的姥爷曾在警察署做过警察，后来又做了署长，其聪明能干远近知名。他一辈子只有母亲一个女儿，对母亲很是娇宠，母亲的忍耐，只是性格使然。母亲不委屈，可是我有些委屈，我想，凭什么三个媳妇不分着干？那时候，家庭会上曾有规定，三个媳妇，每人轮做十天饭，闲下的二十天，除了上山干活挣工分，还要帮婆婆推磨喂猪。我对这个规定牢记不忘，每天放学回来，都密切关注着闲班的两个媳妇的动向。我人在东屋帮母亲罗面，耳朵却支棱着，去倾听外边的声音，听上山干活的嫂子回没回来。如果她们回来了，我就假装到院子里撵鸡撵鸭，或者到猪圈边打猪，意思是，猪鸡鸭还没喂呢。然而，除了大嫂，二嫂三嫂根本不理我，三嫂不是端盆衣服上河边去了，就是放下家什抱孩子回娘家了——三嫂的娘家是城里的下放户，就住在粉房街。二嫂则常常一进家就躺到炕上，关上她的屋门，直到吃饭再下地。这太不公平了，我不知注视了多少天，不知被这种不公撞击了多少次。有一次，我终于忍不住，我拿起笔，用我学会的有限的几个字，给大哥写了封信。嫂子们不帮母亲干活，我不写信给嫂子，却是写信给大哥，因为每一次的家庭会，都是他主持的，那些规定，是通过他说出去的，就像当时毛主席的指示是通过广播员说出来的一样。记得我的信很简短，就两句话，大意是，妈太累了，嫂子们太不像话！我的意思是说，是因为嫂子们没执行家庭会上的规定，妈才那么累，最好再开会强调强调或者批评批评。我把信揣在兜里，放学回来，一边帮母亲干活，一边伸脖望着东山岗，等着大哥的回来。

这是我来到这个世界学会写的第一封信，它是我少年时期对爱和恨最明确的一次表达，我表示了对母亲的爱，对不公的恨。可是，这样一封信并没交到大哥手中，因为不久，就发生了一件事，三哥和三嫂吵了起来。

那是一个晚上，三嫂屋子里先是轰隆轰隆响，好像是什么东西撞在墙上，后来就听三嫂声音传出来，是尖锐的能够穿透墙壁那种。三嫂说，凭什么你不干叫我干，你是儿子，你为什么不干，男女平等嘛！我哆嗦了，我能听出，是三哥希望三嫂多干活，就像我希望的那样。

我那样的希望会引起如此大的纠纷！

父亲忽地从被窝爬起来，坐不住了，推母亲，你听，打起来了。幽暗的灯光下，我能感到母亲也哆嗦了，但很快，母亲就平静下来，母亲穿上衣裳，下炕，一步步推开三嫂的屋门，当母亲推开三嫂屋门，只听母亲说：小胜子你给我下来，你觉得你孝顺是不是？你要是孝顺恁妈，你给我闭嘴！恁妈干点活能累死吗？

母亲的话音炸豆子一样干脆、响亮，是我从没听到过的那种，我从不知道母亲会那样说话。

母亲的话果真好使，争吵戛然而止。只是母亲返回身的时候，三嫂又大喊一声，男女平等，凭什么儿子不干叫媳妇干！

三嫂的这句话，让我深深震撼了。是啊，都什么年代了，为什么叫媳妇干，不叫儿子干，你儿子白天在小镇上班，媳妇白天也在大田干活呀。我为我的那封信感到后怕，感到脸红，是那种跟不上时代的后怕和脸红。这一点可是太重要了，男女平等，那是毛主席教导我们的啊。记得撕掉它是第二天，是在门口草垛空里，我在一片一片撕掉它时，向天上猛地蹿了一个高，像排除了脚下地雷一样万般地庆幸。

紧接着，又一场战争发生了，是父亲和二嫂。原因是父亲嫌二嫂吃中药的药费太多，报销不起。那是上山干活的人们回家休息的时候，二嫂正在高桌上吃凉苞米粥，就听父亲在院子里说，有病，吃饭怎么不耽误，花那么些药费，吃饭为甚一点不耽误？二嫂听到父亲的话，眼泪哗的一下流出眼角。二嫂摔了筷子，边哭边说，别的病耽搁吃饭，妇女病能耽误吃饭嘛？

接连的两场争吵，给家庭带来了无比紧张的气氛，但暂时解决了我心里边一个较大的问题。那便是，三嫂不干活，是为了追求男女平等；二嫂不干活，是因为得了妇女病。她们都是有道理的，至少是有原因的。她们有了原因，我心中替母亲生出的不公，就在削弱，好像她们的原因和母亲的原因，是两个箩里的面子，她们的多了，母亲的就少了。可是，随着跟随母亲在院子里一遍遍地走动，我又渐渐陷入困惑，母亲也是女人呀，她怎么没有妇女病？她和谁去讲男女平等？

我没有被困惑长久缠住,因为不久,我有了新的发现。

这个发现是在晚上。每到晚上,母亲只要干完活上炕,便侧耳静听。哪个屋子,略微有点风吹草动,她就忽一阵爬起,脸顿时聚满愁容。母亲从没有这么紧张过,好像她的日子从此不会再有安宁。

母亲新添的紧张,让我看到:只有和睦才是母亲最想要的,要想孝敬母亲,就要顺着母亲。孝,不如顺,而顺母亲最应该做的,绝不是帮母亲在家庭中争什么公平,而是像她说的那样,闭上嘴。

这是一个了不起的发现,这样的发现改变了我后来的人生。在我十来岁的时候,是这个发现,叫我学会了压抑自己,学会小心翼翼地观察奶奶、母亲、父亲、哥嫂以及周边所有成年人的生活。长大后,我读过美国女作家多丽丝·莱辛的许多小说,她在一篇小说的自述里写道:我所熟悉的那些作家,或者我曾读到过他们生平事迹的作家,都有一个共同的特点。一个紧张压抑的童年使他们很早就被迫获得了自我意识,不得不学会如何去观察成年人,去估量他们,去理解他们心中的真实想法……那些不断观察每个人的孩子,他们已经获得了最佳的初步训练。莱辛的话,让我为我后来走上创作道路找到了最初的成因。

我在默默观察中度量着身边一个又一个人的心里道路。

我在尽着我的孝道,只要有时间,就帮母亲干活,在磨道上转,到草垛边拿烧火做饭的草,到猪圈边帮母亲提猪食桶,不厌其烦地跟在母亲脚后,走在那条属于母亲的道上。我在心里,却走着一条另外的道,这道通着大嫂、二嫂、三嫂帮母亲或不帮母亲干活的原因,这条道不像伸在院子里的道,走起来只需用脚无需用脑。它不但需要用脑,还需要用心,它需要你弄清嫂子们的身世、家境和经历,弄清她们为什么愿意来到我的家里,成为我家的"外姓人"——奶奶在一次指责母亲小老婆调儿时,称嫂子们是外姓人,奶奶说,怎么能叫外姓人随了便?

只要有机会与母亲单独在一起——事实上我们常常单独在一起,我就问她有关三个嫂子的事。这是我在童年时期跟母亲最最正式的谈话,有一些采访的味道。母亲起初并不搭理我,以为我会像三哥那样搬弄是非,她回敬我最便利的一句话是:小孩子打听什么!然而,时间一长,见我总是忠心耿耿地跟在她的后边,又毫无搬弄是非的迹象,母亲便在罗面的时候,断续地向我讲述了三嫂、二嫂和大嫂。她的顺序不是大嫂、二嫂和三嫂,而正好相反,足见当时让她琢磨最多的人是谁。母亲说,你三嫂是下放户的子女,是大连城里人,又是四个闺女中最小的一个,才十八岁。人家能嫁给咱家,都因为她家成分不好,听说她爸早年是小业主,就是地主的意思。人家一个城里孩子,从来没干过庄稼活,没过过庄稼院的日子,结婚到咱家,做十几口人的饭,还要上山干活,不是要了人家的命!母亲说,你二嫂,一小就死了爹妈,姐弟五个,在孤儿园长大,没干过庄稼活不说,连饭都没做过。人家看上你二哥,是因为他会开拖拉机,人又老实,人家哪知道这老实人后边,有这么一大家子!没有爹妈的孩子,哪有人疼!你看见没,她一身的病。母亲说,你大嫂就不一样,她是在花院公社的穷山沟里长大,还是老大,身下七八个兄弟姊妹,一小就出来在船上当工人,帮她爹养家糊口,她当然能吃苦能下力,长眼色又懂礼节。她嫁给你大哥,为了咱家,人家工人都不当了，一心一意到咱家过日子。在咱家里，妈最亏的就是你大嫂，可妈没有办法，只有在心里记着。

母亲所说的有关三个嫂子的情况，除了大嫂，二嫂三嫂，我是有一些了解和记忆的。

有一年发大水，三嫂娘家在粉房街被淹，曾搬到我家东屋住过，就是那时，三哥和三嫂形影不离开始了恋爱；有人向二哥介绍二嫂那天晚上，二哥从栗子房跑回来，在月光下向父母讲述时，好几次都提到二嫂的孤儿经历。可是，奇怪的是，母亲不提到这些，我根本想不到这些，我就像一只身材矮小的小狗，只能看到大人们的腿和脚的局部，而看不到全身。母亲的讲述，不是客观的，带有明显的主观感情，但正是母亲主观的引导，才使我拥有了母亲的态度、母亲的立场和胸怀，使我在弄懂三个嫂子帮和不帮母亲干活的原因时，时不时地，走进三嫂、二嫂、大嫂的内心。我把我想成她们。于是，我获得了无数条意外的道，它们通着大连，通着栗子房，通着叫花院却又是山沟的地方。这些地方，我都没有去过，只能依靠想象，可是恰恰因为想象，心里的道通向了无限。我从母亲的院子无数次走出，走向那些地方，又无数次从那些地方返回，当我返回时，便获得了无限地帮母亲干活的力量。

这对我可实在是太重要了，这使母亲在院子里辛劳的走动变得不那么辛劳了。我是说，母亲也许还是辛劳的，但我不觉得她辛劳了，不觉得母亲辛劳，自然也就不再替母亲委屈，也就觉得母亲所做的一切，都是应该做的。那时，我还不能知道，这是理解、宽容的力量，母亲正是拥有了这样的力量，才在属于她的那条道上无怨无悔地走了一辈子，才一辈子守候在院子里，守候在奶奶、父亲、哥哥、嫂子和我一次次从外边返回的这条道的终点上。

她是我们的终点,却是我们真正的起点。

那时,我同样无法知道,是母亲的引导,使我很小就习惯关注人的心灵的历史,而忽视心灵外边那个时间的历史。这致使我日后长大,一翻史书就想睡觉,对我们身后那个时间的历史永远无法提起兴趣。

后 门

  这是我家的后门,在山咀子,所有的人家都有这样的后门而没有后窗。这样的后门,一般要设在房子正中那间,即所谓堂屋。每年冬天,上冻之前,为了防寒,都要用稻草和土坯把后门挤上,稻草贴紧木门,土坯贴紧稻草,土坯外边,要严严实实抹一层用稻草丝搅拌起的黄泥。
  我家的房子,不在前街,不在后街,不在粉房街,也不在东山岗,而独自在东山岗下那条道的南端。也就是说,后门冲着的,正是那条贯穿前街的大道,以及道北那几户被人们叫作东山岗的人家。其实,这地方,并不只我们家六间房子,我们的老房子,如现在这样,西侧连着好多房子,大约十几间,有二娘家的房子,生产队的房子。说它独自,只说这地方没有被划进哪条街。人们惯常的叫法,是老孙家那块儿,或者,生产队那块儿。因为我家的后门,连着二娘家的后门,连着生产队的后窗,还便捷地连着前街后街,站在我家后门口,又能看到从东山岗下来的车马行人。挤后门的日子,便是我童年里最最沮丧的日子。那种沮丧的情绪,往往因灌在冷飕飕的风里,有着冷飕飕的样子。要是听到东山岗来了拖拉机或大解放,从前门绕出,需要疯跑,才勉强能够看到拖拉机的背影。而送走那些不近人情的车们,返身回家,早已将后门挤上的事忘得一干二净,咚咚咚顺后边的道跑到屋檐下,一面黄泥墙立在眼前,由跑动带起的冷风顿时反弹出一眼的酸楚,仿佛被丢在荒野再也找不到回家的路。

挤掉后门的感觉,真的就像是被丢在荒野上的感觉,像被挡住了眼睛的感觉。一切美好的东西就在眼前,却怎么也摸不到它,抓不到它。其实,我在面对黄泥墙生出的酸楚里,更多的,是觉得一个昨天还在眼前的东西,转眼间没有了,任你怎么抓摸,就是抓摸不到了。那个昨天还有的东西,究竟是什么?

这样由感觉而带来的疑问,在我童年的心灵里,每一年都如期而至。但是你一点也不用急着去找答案,因为随着时间的推移,随着猛不丁与泥墙撞个满怀的次数越来越少,疑问便恍如一缕炊烟,自然就消失在天空中。剩下的,便是一颗童心对春天的盼望,对又一个开后门的季节的等待了。

疑问消失了,盼望出来了,盼望其实正是疑问的延伸,那盼望的事情,其实刚好能够回答疑问。我是说,那个恍如昨日还在的东西,原来只是一个暖和的季节,是万物都在疯长的季节。那个暖和的季节,早在第一缕秋风刮起之前,就一点点离开了我们,只是仿佛后门为它做了一个仪式,在时间上给人带来突然降临的感觉而已。

挤后门,真的就是对昨天美好时光的一次告别。我在很小的时候,就感到了这告别的酸楚和沮丧,直到盼望从心底慢慢生长出来,才一点点明白,悲的后边,原来掩藏着一个巨大的喜。没有被丢失到荒野上的难过,又怎么能有柳树发芽时节的欢呼雀跃？那真是让人难忘的时光啊！

往往是一过了年，我就没完没了地问父亲，什么时候开后门？父亲说，清明。我问，什么时候清明？父亲说，南河套柳枝抽芽。于是，我就在出了正月的二月里，一遍遍往南河套跑，去看柳枝抽没抽芽。每一次往河套跑，心里都装了蜜似的，即使柳枝没抽芽，也并不失望，因为柳枝迟早会抽芽，就像傍晚在东山岗望大哥一样，虽然需要等待，但那等待并不熬人，反而等待的时间愈久，内心储蓄的快乐愈强劲。终于，柳条的枝丫上，钻出了嫩绿的芽芽，恍如豆虫的眼睛。当一双眼睛扎进另一双眼睛，我的欢乐一瞬间就顶上了嗓子眼。我狠狠亮出一嗓子，发——还不等说出芽字，就已经岔了声了。

可是，柳枝当真发芽的日子，并不就是开后门的日子，父亲只是宏观地用柳枝发芽来指向春天。我亡命地跑回家的结果，是没到清明。而另一些时候，我正等待着，柳条还没发芽，回家一看，后门已经打开了。发芽不清明，清明不发芽，这真是一件骗人的事情。然而它骗人却不恼人，反倒让你在期盼外边，留着一份意外的惊喜。比如，在南河套往家走的路上，你心里会想，说不定后门已经打开了呢。没打开，属于正常，打开了，便算是偏得（方言，意外的获得之意）了。

在我童年的印象里，开后门的日子，是比过年还要喜的大喜的日子，年就三天，三天很快就过去了，而由后门打开的日子，是打开了一个春天，一个夏天，一个秋天；由后门打开的日子，是怎么过也过不完的。假设开后门的时刻是白天，赶上我在家，就一定要站在房后屋檐下，看双目失明的父亲，用手摸索着，将那一块块垒上去的土坯，一块一块搬下来，细细地品味这就要到来的时刻。搬走的土坯露出了稻草，稻草在夹缝里趴了一个冬天一点都没有冻坏，稻草迷离的缝隙里，露出了天蓝色的木门，木门比稻草厚，上边却冻出雪白的霜花。看见了木门，我便亟不可待地跷着脚，拿一只木棍往上敲。这时，就听门里母亲或是奶奶喊，听见啦，听见啦。当父亲把土坯搬下大半，哐当一声，后门就打开了，就露出屋里微弱的光亮。从屋外看屋里，总是黑黝黝的，不那么亮，但这不要紧，我会飞快转身，从房檐下绕去，绕到前门，从前门再跑进堂屋。进了堂屋再往外看，半个门口的亮堂简直胜过了无数颗太阳。太阳的光芒就一层，而从后门射进来的光芒无数层，密密麻麻，有着一个深远的隧道，完全是又一个人间的模样。

又一个人间，这是开后门这一天给我带来的最真切的感受。我在这一天张罗得不知姓什么了——奶奶曾对我这么评价。然而，这么大喜的事，还不待两天过去，我便觉得不那么喜了。本来在后门没开之前，一直觉得由后门打开的喜悦是漫长的，过不完的。可是当这样的时刻真正到来，我便看到了又一个事实——有打开，就有挤上，打开的时间再长，也总能过到挤上的那一天。这种想法，不是凭空到来，它伴着挂在房檐下那只柳条筐里的咸鸭蛋的一天天减少，它因鸭蛋的减少而到来。每逢清明，母亲总要分给我和侄子们一些鸭蛋，那是母亲为我们攒了一个冬天的礼物，也是疯了一样盼望开后门的一个说不出口的原因。这些咸蛋，从打开后门这天开始吃，一定是越吃越少，即使再不舍得吃。鸭蛋的由多至少，预示着开后门日子的由多到少，于是，吃进嘴里臭中泛香的鸭蛋，便在心底泛出了甜中带苦、喜悦中夹杂忧伤的滋味了。于是，真正的打开后门的日子，并不像想象得那样,有多么快乐了。它好像只是盼望着的快乐,它只是对不可知的日子,满怀憧憬的快乐。一旦打开了预知的日子,并且是那种减法的预知,后门口打开来的,便是喜中含悲的情绪了。

悲喜交加,这是后门的打开与关闭带给我的性格弱点吗?还是这原本就是我性格中与生俱来的东西?只不过后门帮我识别了它,认清了它?不得而知。多年之后,当我发现,我总是能在大喜之时,触摸大悲的存在,并因此而永远不会有忘我的快乐、投入的快乐,我对自己,生出了难以说清的恐惧。毕竟,人的生命只有一次,急匆匆来人世间走了一遭,连忘我的快乐都不曾有,多么的不幸!不过,我也时常想,如果没有我对事物正面即反面的敏感;如果没有我对祸兮福之所依,福兮祸之所伏的敏感;如果不是有一个总在大喜的时候触摸大悲的存在的性情,是否还有我眼下的写作生涯呢?可是,我又时常想,即使没有我眼下的写作生涯,而是像歌星那样唱歌,像影星那样演戏,像商人那样打造一个品牌,像鞋匠那样打造一只鞋帮,又有什么不好的呢?

也许,有些道,是在你没出生之前,上天就为你安排好了,你只不过不知道而已。你因为不知道,懵懂地往前走,于是,你,或者别人,就认为那是你走出的道。

屋檐下的小道

不管是悲是喜,后门打开了,日子打开了,就得过下去。实际上,只要过下去,悲喜参半,如同在热水里兑了冷水,冷热参半,未必不是一种好滋味,未必不是人生的真正滋味。

房后的春天是在后门打开之后才到来的,槐树开始泛绿,百合开始冒头,道士莲钻出绛紫色须芽,尤其靠道边那条土坝上的金雀梅,不等它身边的各种树木和花草长叶,就开起了金黄色的花。它根本不长叶,仿佛要是忙着长叶,就抢不到最先开花了。其实,直到今天,我也不知道它到底是什么花,由谁栽到坝上去的。它的花是甜的,糖一样甜,它只要含苞,我和二娘家的五哥、侄子们,就争抢着去把它撸到嘴里。它可并不像想象得那么好撸,满身都是刺,一不小心,就会把手扎出血。所以,即使抢,也要小心翼翼,不然就要付出血的代价。那是春天里最最甜美的大餐了,一直甜到了心坎里。金雀梅被吃光,接下来是槐树花,槐树花是吃不光的,只是吃着吃着,它就谢了。然而这时,当你发现槐花蔫了头,榆树叶又钻出来了。接着,毛桃子、樱头、小面梨、酸浆、鬼子姜、香椿叶,一个接着一个,一直能吃到初秋。当樱头树旁边的白杨树流下一身的蜜水,挤后门的日子也就到了。所以,我常常觉得,我家的后门,是一个老实忠诚的观众,而后院的小树林,却是一个喧闹的舞台,树们花们在那里你方唱罢我登场,风情万种地争奇斗艳,其实只演给了后门这一个观众。作为一个空洞之物,后门是怎样欺骗了那一片花草树木啊!后门的老实厚道里,其实藏着不易察觉的聪明和狡猾;花草树木的风致里,其实展示着显而易见的笨拙和愚蠢。当然,花草树木的愚蠢里,也许还藏着另一种聪明,比如,不开花不结果,不是枉为了一生?!

　　在我家房后边,最让我感兴趣的,并不是花和树,这些当然是很小时喜欢的;也不是后道上往来的车辆与行人,这些只有在冬天看不到时,才变得异常重要。在我八九岁的时候,我最感兴趣的,还是屋檐下通着二娘家、通着生产队的那条小道。是这条小道,让我最初领略了从个人到集体、从小家到大家的宏伟和壮丽,领略了一颗小心向大心的澎湃与激荡。

　　那一声响亮的哨声,从什么时候响起,似乎已经不那么重要,重要的是,它响起了。它划破了屯街穿透了微风,匍匐在了我家草房后门的屋檐上,之后打了一个滚儿,一刻不停就溜进了我家的后门,溜进我的耳朵。我敢肯定地说,在我八九岁的时候,没有哪一天的哪一阵哨声逃过了我的耳朵,即使我正在睡觉。那是生产队上班或开会的哨声。上班的哨声响在早上和中午,开会的哨声则响在晚上。这样的哨声与我毫无关系,可是,不知为什么,一听到哨声响起,我的那颗小小的心便按捺不住沸腾起来。它像水,是一荡一荡的,它又像火,是一蹿一蹿的,它在我的胸口奔涌着,用不了多久,就把我也变成水和火了。我会疯也似的从后门窜出,沿着屋檐下的小道,一口气跑到生产队的山墙头,然后站在那里,倚着墙角,看那些被称作劳动力的大人们扛着家什,从前街、后街、东山岗,一个个来到生产队。

我并不关心他们是什么样子,就像我并不关心哨声从什么地方响起,我只关心他们从四面八方奔向了一个目标——我对哨声的敏感,其实是对哨声使人们从四面八方奔向一个目标这件事情敏感。只要看到人们从四面八方向生产队奔来,我就按捺不住内心的激动,我身上的皮肤,就不由得起栗。我不知道我为什么会这样,我确实是一看到人们在一种意志支配下奔向一个目标,就激动不已。我享受着我的激动,感受着我的激动。大人们来到生产队,往往要在山墙头逗留一会儿,要等队长分派活儿。老王队长把人们吹来了,自己却还没到。这时,我可要关心大人们的表情了,他们有的掏出烟纸,用黑黢黢的手卷起一支烟,用嘴抿上纸角,花火点燃;有的,把铁锨哐当一声扔到地上,坐下来,拣一根草棍,耐心而细致地掏耳朵;有的,像我一样,只倚墙站在那里,两眼四处撒目(方言,张望之意)。他们不管干什么,表情都是安静的,见不出任何私心杂念的。他们的表情,其实展示的是听天由命的无奈,可是在我眼里,却是神圣的,因为他们正在等待那个来自队长嘴里,与集体、国家有着联系的神圣的声音。是一个哨声,把他们从小家招呼到集体,而集体是什么,是与国家最近的地方,进了集体,就离国家不远了。广播里说,先国家,后集体,再个人。当时,我是多么希望自己快一点长大,走进生产队这个集体啊!

集体,这个抽象的字眼,在我的童年时期,是一个多么生动、具体的现实啊！它是一个场景，又是一种感受，它虽然完全缘于我的主观，却有声有色一点都不空洞，它好像只属于房后屋檐下那条小道通向的山墙根，只属于生产队由哨声唤起的这个人群。随着我的成长，我后来走进过好多个集体，学校、工厂、机关，也曾响应某种意志的支配，与很多人一起奔向过一个共同的目标，可是不知为什么，再也没有了那种神圣的感受，没有了激动。我一直以为，是我的心大了的缘故，是随着我的成长，随着对人生、社会、人性的了解，越来越多地懂得了个人、自我和自由的可贵的缘故。可是，后来有一天，也就是1999年夏天，当我在回老家的路上，看到一片开阔的野地里，正在修建高速公路的上万名农民，竟然不设防地涌起了多年不曾涌起的激动。我浑身一阵燥热，接着，就热泪盈眶……我想起多年前老家屋檐下那条小道，想起向着生产队涌来的四面八方的人们。这时，我才真正明白，我之所以感动那样一个群体的集体，都因为这样一个群体散落在山野的皱褶里，驻扎在荒芜的纵深处，他们太不容易聚到一起了，他们太应该聚到一起了！一颗童心，其实是深深感受了山野的空旷、心灵的孤单，才有了那样对于哨声的向往，对于集体意志的感动。

　　由哨声唤起的令人皮肤起栗的激动太短暂了，用不上十分八分，老队长就分派完活路。老队长一旦分派完活路，被称为劳动力的大人们就作鸟兽散，一帮一簇奔向不同方向的山野。他们上山，也是为了集体，可是由于不是聚拢，而是分散，蒸发在我内心的热气，便如揭了盖的饭锅，顿时凉到锅底。好在，它比任何令人向往的时刻都来得频繁，到东山岗等大哥一天只有一次，清明节开后门一年才有一次。哨声在一天里，起码要响两次，如果上午、下午的中间还有休息,就是四次,如果晚上开会,就是五次了。

　　这五次哨声,我最盼望的,要属夜晚开会这一次了,因为我要上学了。我向往哨声,更向往上学,这是两个不可兼得的美好事物,我必须做出选择。我于是只有告别白日里的哨声。在那样一段日子里,心底里无比感伤,一种被大人们抛弃了的感觉那么强烈。尤其某一个时刻,刚离开屯街,就听到有哨声尖锐地穿过空中,响起在耳朵后边,泪,顿时就湿了眼角。猛一撒野,冲出十几米,将委屈丢到风中,这时,我会觉得不是大人们抛弃了我,而是我抛弃了大人们。

　　我抛弃了白日里被哨声呼唤的大人们,将期盼只缩小到夜晚。就像将本该装进五只饺子里的馅装到了一只饺子里,将本该五次的盼望浓缩到一次,那盼望的饱满、鼓胀,便显而易见了。每晚,我吃罢晚饭,就来到屋檐下的小道上,在那里往返、徘徊。记得,小道旁边有一片杨树林,树木大小不一、粗细不一,它们在白天里,从没进过我的视线,到了夜晚可就不一样了,它们不但进了我的视线,且要成为我的伙伴、我的依靠。它们在夜晚里,尤其在有月色的夜晚里,不管近看还是远看,都是人。远看是黑乎乎的,像一个个站直了的人,近看,又是白花花的,像一个个光着肌肤的人。它们在没有会的夜晚,就是一些开会的人们,我站在它们中间,做出老队长的样子,将一根草棍当成烟袋,叼在嘴上,偶尔的,往树上敲两下,说,大伙悄悄点,开会啦——而一旦有会,一旦响起哨声,它们便什么都不是了,我会义无反顾离开它们,风也似的跑到生产队门口,在那里等待将烟袋吸出一星一星火光的老队长。等老队长真的来了,我再风也似的顺屋檐下跑回家,去领双目失明的父亲。

这是将所有的白天加到一起也抵不过的夜晚了,这样的夜晚,人们从四面八方来到生产队,来到生产队院子里的毛泽东思想大学校。这大学校与我家只隔着二娘家的三间房子,可是大学校的正门,是在一个偌大的四合院的西边,要走进去,必须绕过房后屋檐下。这大学校里,曾批斗过我的父亲、二大和四叔,但那些恐怖的场面,或许因为我小,或许是大人们帮我回避了与那样场面的遭遇,我没有记忆。所以,在我的"大学校"里,没有黑暗,没有恐怖,有的,是明亮灯光下闹哄哄的人们。那灯光,只是一只马蹄灯,可在我眼里,要多明亮有多明亮。因为,所有大人的目光,都在马蹄灯的照耀下一闪一闪,都是那燃起的马蹄灯,它们汇合到一起,交织到一起,呈现的是一个集体的光辉,它们怎么能不明亮!我参与了这光辉,在光辉的笼罩之中,我变成了光辉的一部分。那样的夜晚,父亲总是把我抱在怀里,让我和他一样,面冲前方,看着老队长。我不知道,父亲是不是借用了我的眼睛,来感受眼前的光明。我只知道,能像大人一样坐在那里听会,简直太幸福了!

这童年里驻扎的内心的幸福,一直没有离开过我,在我年届四十,已经深谙世间一些会议的本质,并不断地给予信口开河批判时,我从没因此而逃过任何一次必须参加的会,我从不在乎会讲了什么,而只在乎许多人在一起听一个人讲话,只要是许多人在一起听一个人讲话,我就说不出的开心、快乐。

1973年,记不得是春天还是秋天,一个比开会要美好一百倍的更大的美好来到我的生活中。那是突如其来的事情,有着天降大福于斯人的味道。它盖过了所有哨声惊起的白天和夜晚,它不是在"大学校"里，却与集体有着密切的联系，它几乎就是那个紧连着集体的国家了！我是说，这从天而降的快乐，是感受了国家就在身边的快乐。

还是房后屋檐下那条小道，它先是通向集体，而后通向了国家。这是时间上的顺序，在地理上，却恰好相反，是先通向国家，然后通向了集体。因为，这群在我眼里代表了国家的人们，就住在我家隔壁二娘家的房子里。二娘家从什么时候搬走的，我一点都不记得了。但我知道，二娘家在前街东头，买了五间大房子。这是每一个乡村家庭都要经历的扩张，儿女长大，需要结婚，原来的房子住不下，做父母的，就抻着腰筋进行扩张。当时，给我的感觉，二娘好像是为了那些人的到来才搬走的，后来知道，那完全是时间上的巧合。二娘家搬走，住进了一些陌生的男男女女，他们是下乡青年，是听毛主席话，从很远很远的大城市来的知识青年。

在我童年的印象里，所谓国家，是一个地方，一个城市里的地方，我其实在书本里已经学过关于国家是一个统治机器的定义，但这无法改变我的印象。于是，这些城市里来的人，就拥有了国家的气息，就代表着国家了。

大解放穿过东山岗，把他们送到我家房后那个时刻，我不在现场。我不知道那是一个怎样热闹的场景，国家把它血管里的血汪汪洋洋送到乡下人门口，不喷射出五光十色的光芒才怪呢！

国家居然把它血管里的血送到了乡下人门口！放学回家，我都感到我的血管勃勃发胀了，我的脸、脖子、眼窝，火烧火燎的。他们就站在后门口的屋檐下，站在我的对面，与我近在咫尺。他们雪白的脸、雪白的牙齿、亮亮的头发，他们看着后院里的小树林，目光十分的散漫，也十分的傲慢。可这散漫和傲慢里，却有着让我十分着迷的东西，是那种作为国家一个重要分子才有的理直气壮。他们理直气壮，他们的手都插在衣兜里，是那种不管男女，一律是布盖儿斜缝在外边的衣兜。于是，那只朝着一个方向用力的手，就在突出了他们腹部的同时，显现了他们苗条、笔直的腰杆。他们看着我，冲我淡淡笑了笑，一个大个子女子问我，你叫什么名字？我想了想，理直气壮地说，我叫孙惠芬。我之所以能够理直气壮，是因为我发现就在他们身后，我的大嫂、二嫂和队里一些女劳动力们，正在忙活着为他们做饭。他们国家里来的人，也是要乡下人帮助，我们乡下人，都能帮助国家的人，我有什么不可以理直气壮的！然而正在这时，一个站在房后看光景的由家二婶大声说，她是老孙家的，叫小芬儿。

小芬儿——这是我的小名，她说出了我的小名。一股莫名的羞辱感顿时敲打着我的脸腮，我低下头，看着脚下的地面。但很快，另一个人的声音，又把我从羞辱中解脱出来，那是老队长的声音。他在屋里冲房后喊，小黄、小胡、大个儿，吃饭啦——老队长喊下来的知青小某某，而不是大名，看来小芬儿，也并没有什么不好，还和知识青年打成一片了呢。

后来的日子，我真的就和知青们打成一片了。我的打成一片，不是和他们同吃同住同劳动，也不是动辄就凑到他们堆里听他们说话，不是。我的打成一片，是学着他们的样子唱歌，是他们在屋子里唱歌时，我在外边唱歌，他们在外边唱歌时，我在屋里唱歌。

这些从大城市里来到草房农舍的青年们，最大的特点就是热爱唱歌。每天晚上，只要生产队没有会，他们就聚在屋子里，或房后屋檐下,齐声合唱当时电影里流行的歌曲,什么"太阳出来照四方",什么"一条大河波浪宽"。有时,他们还聚集了外村的知青一块来唱。他们把自己住的地方叫点儿。点儿,这是当时最最让我崇敬的名字了,有着以小见大的意思。不再在乎知青叫我小芬儿,也有这样一个原因,似乎最小的,才是那种最大的。我是说,当那些知青在被他们叫着点儿的屋子或房后唱歌时,我一点也不觉得我那单薄、微弱的歌声有多么可怜,相反,倒有一种响彻云霄震天动地的气势。因为在那样的时候,我明显感到了,我的歌声就是他们歌声的一部分,他们的歌声就是我的全部!

我唱的歌,永远是一首歌,是《洪湖赤卫队》歌剧中韩英的唱段,"看天下劳苦大众都解放",我用假嗓模仿着王玉珍的嗓音,尽量在特殊的字眼上唱出独属于她的那种味道。每天晚上,只要不开会,只要帮母亲圈了鸡鸭,喂了猪,备好了第二天的烧草,跟母亲走完独属于她的院子里的路,我便走出后门或前门,来到院墙边,门口苞米地边,来到后门小树林里,或生产队房后的杨树下面。这些地方,都是离知青点儿不远的地方,它们在那样一个时期,是我夜晚里的必经之路。露水打湿了头发,夜风灌满了衣裳的领口。我的嗓音最初很细,像一种虫子的鸣叫。唱着唱着,就有些放开了,就像是真正的歌唱了。不过,无论怎样放开,我的音色都不是明丽那种,而是接近凄婉和忧伤,尤其在唱到"娘说过二十六年前,韩英我生在洪湖上"这句,我的嗓音,会像庄稼的叶子一样,在夜风中不住地颤抖。因为此时,我在心里更改了歌词,我把韩英想成了自己,我把洪湖想成了山咀子。这么一想,就很容易进入歌曲的情境,就无法唱得舒展、快慰。我不知道我为什么要选这样的歌。

我就这么唱着，可是唱着唱着，我感到了孤独，一种从未有过的孤独，从庄稼的叶尖上，从夜色的黑暗里，袭向了我。我的歌声依然响彻云霄，震撼天地，我甚至听到了庄稼叶子在歌声的震动中的哗啦啦直响。可是，我却再也不觉得是和知青打成一片了，我就是我，我的歌声就是我的歌声，我的歌声只不过是墙头上一棵小草在风中的鸣叫，它从来也没和知青的歌声打成一片……

虽然感到孤独，但我的歌声并没停止，相反，越是孤独，我越是要唱。不知唱了多久，有一天，突然的，一个叫曲华的知青在西院喊，小芬儿，听见了，你唱得很有味儿——

我的眼睛一下子就潮湿了，胸腔里，一股巨大的咸涩的溪流涌向喉口，使我一时间再也唱不出来。他们听见了，听见了！在此之前，我并不清晰，我是在为他们唱，我是希望他们听见。曲华夸奖之后，我的眼泪告诉我，我是一直希望知青们听见的，只要他们听见，我就不感到孤独。从此，每天晚上，我都能感到，在我身边不远的地方，有着二十多双耳朵在倾听，那些大城市里来的知识青年，他们在倾听，我什么时候被外面的人倾听过?!

这是我一辈子都不能忘怀的倾听！尽管，他们可能只听见那么一次两次，但终归，他们倾听过我。

2001年夏天，老队长从乡下来到大连，与山咀子知青点的青年们相会在虎滩乐园的王子饭店，他们想起当年房东家的小芬儿，不知从哪儿搞到我的电话，拨电话的正是曲华，她说，小芬儿，能听出我是谁吗？虽然已分别二十七八年，可是，她曾在我孤独的少年时期毫不吝啬地给过我鼓励，我怎么能听不出来！我说，听出来了，你是曲华。她说，就知道，你会听出来的。我当时正值感冒发烧,但我还是爬起来,顶着雨,来到王子饭店。当我看到昔日让我的灵魂在黑暗里不知追逐过多少日月的知青们,怎么也忍不住内心的眼泪。我连连说,谢谢你们,谢谢你们!

在他们看来,我的谢意有些唐突,没什么来由,他们个个瞪着疑惑的眼睛,似乎认为我在城里学会了虚伪的客套。

草包铺

从我家房后屋檐下小道一直往西走,越过二娘家,越过毛泽东思想大学校,就是草包铺了。草包铺,顾名思义,织草包的铺子,是当时生产队的副业。草包铺和我们家在一排房子,只不过中间隔了二娘家和毛泽东思想大学校;只不过二娘家和毛泽东思想大学校之间,隔了一条胡同,区别了集体和个人。其实当生产队这个集体里诞生了织草包这种副业,那个用来学习毛泽东思想的地方就已经不叫毛泽东思想大学校了,而叫生产队。也就是说,当举国上下纷纷从以阶级斗争为纲转到以生产建设为中心,生产队也便成了纯粹的生产中心。当然,毛泽东思想大学校也是中心,我是说,当生产队这个集体不再天天学习毛泽东思想,变成了纯粹地搞生产建设的中心,草包铺,便成了这个小的权力中心的附属品。

说生产队是权力的附属品,并不是说它的诞生,由生产队这个权力集体操纵,也不是指它们同在一个院子里,而是说在草包铺纺织的人,除了根正苗红的贫下中农子女,都与权力有着亲缘的瓜葛。

在我十七岁那年辍学回乡的时候,因为出身不好,又没有亲戚在生产队,使我对草包铺里的劳动充满了向往。这向往充斥着我的白天和夜晚。白天,每从房后屋檐下小道经过,都要在草包铺窗外驻足探望。隔着窗户,我看见那里的机器排成两排,一排是纺绳机,一排是织包机。纺绳机转动起来,仿佛纸做的风轮转在风中,织包机来回穿梭的样子,仿佛一只小鸟啄着稻草衔来衔去,真正是一排热闹景象。因为草包铺常常加班,夜晚,吃罢晚饭,我就站到自家的院子里,倾听那里发出的悦耳的声音,吱吱呦呦,咔嚓咔嚓。那声音本是白天里就有的,但因为白天更多地享用了眼睛看到的场景和画面,忽视了声音。那纺织的声音,飘荡在夜晚的空中,便有了格外的韵致,是既近又远的。近时,仿佛一只庞大的乐队就在现实的身边;远时,乐队不复存在,仅仅是遥远而悠扬的旋律弥漫在云端。而无论是近还是远,都是一个诱饵,诱惑着你的欲望由现实出发,向着虚幻飞翔。尤其,当夜里九点多钟,草包铺下班,机器的声音让位给女人们的声音,女人们叽叽嘎嘎的声音穿破我的耳膜,在夜空中飘荡。那个草包铺里的世界,在我心里,简直如同人间的天堂。

事实上,我对草包铺那份活路的向往,是对女人世界的向往。那时候不叫女人,而叫妇女。那时候我对妇女这样的叫法十分反感,觉得称得上妇女,就与男人有了关系了,而与男人有了关系了,也就不洁了,不纯了。我向往的世界,并不是向往长大成妇女,而恰恰相反,是向往回到学生时代,回到有女生们在一起的纯洁友情的时候,向往再次回到女学生时候,有着贴心贴肺友情的集体。我是说,当我不幸辍学,被出身和权力抛到草包铺外边的大田,与整天说着粗话的男人们一起搬动着沉重的泥土,流淌着轻佻的汗水,就觉得终日可呆在屋子里打发时光的草包铺,就是单纯、纯洁,是女生们彼此贴心贴肺的学堂。

进入草包铺,还是辍学半年之后的事情。那得感谢伟大领袖毛主席,他提出水利是农业的根本命脉。那年月,乡下人见毛主席比登天还难,可是他老人家一号召,每一个小老百姓都响应。当水利被说成是农业的根本命脉,草包自然就成了水利的根本命脉。没有草包来装沙砾,哪里修得了水库,而没有水库,哪里谈得上水利。我是说,当上边任务催得太紧,十几人的纺织远远完不成任务,我便不得不被织草包这个职业网住了。

我曾在一篇文章里写过,一个人,在遥想一个世界时,因为投注了更多的设想和想象,你是无法把握你与这个世界关系的。你只有走进这个世界,与这个世界有了实质的接触,才能把握你与这个世界的真实关系。事实上,我与草包铺的关系,与想象中的模样毫无关系,那只是我与纺绳机的关系,与稻草的关系,与王凤清、王宝珍的关系,与掌管分草权力的草老大的关系。

我被分配的活路是纺绳,是草包得以成为草包的初级阶段。绳如同织布中的线,织布中的线并不是与生俱来的存在,需要用棉花纺,而用来织草包的绳则是用稻草纺出来的。在纺绳这项劳动中,机器很重要,没有机器,绳无以成为绳,可是每人一台机器,已不可更改。于是稻草就变得格外重要了,没有好稻草,也是根本纺不出好绳的。

这就是我的稻草时代的开始。我认识到我与稻草之间关系的重要,认识到稻草的重要。那是一个下午,也是进草包铺的第一个下午。草老大站在门口,大声喊,分草啦——于是,草包铺的女人们仿佛端了马蜂窝一样,嗡一声倾巢出动。草老大原名刘吉忧，是草包铺的头儿，也是生产队权力中心的一员。女人们是疯了一样向大墙外的草垛跑去的，事实上跑与不跑，与分到什么样的草毫无关系，因为在你没去之前，一堆一堆稻草早已按草老大个人的意志分好了。每个人都有自己的序号，不可更改。但是，因为草的好与不好与纺织的速度和质量关系太大了，女人们太渴望看到自己的运气了，疯跑便成了分草时每日必有的行为。

了解到我分的两捆稻草不是好稻草，还是身前的王凤清告诉我的。它们通过两个吃草的机器"嘴子"吃进去，一经拧到一起，立时断开。见我的绳一尺一断、一尺一断，因需要不断从嘴子里抽出断掉的稻草，我的两手弄得满是油污。王凤清便从她的草架上抽一把稻草递给我，同我的草做比较，并让我当场实践。这时，我才了解到好稻草与坏稻草的区别。它们的区别原来只在叶子上和骨节上。好稻草叶子宽大肥盈，它们用肥盈的叶面紧紧裹住了躯体，而它们躯体上的骨节连接结实，没有丝毫断裂。不久我还知道，其实好稻草正是那些没有结出饱满米粒的躯体，它们因为在成长中没有充分发挥能力，使它们躯体里尚存留着韧性和耐力。而坏稻草却不同，它们在漫长的成长中，奉献了它们所有的精气营养。它们头上的米粒，将它们躯体里和叶子上的水分抽干，点滴不剩，使它们叶子憔悴，骨节肿大。在那个大米奇缺的年代，坏稻草结出了饱满的米粒，或者说它们因为结出饱满的米粒才成为坏稻草，我本该感谢它们才是，可是在草包铺里，在我的稻草时代，我却难以做到。因为坏稻草使我手忙脚乱、焦头烂额，它破坏了草包铺曾给予我的最初的梦想。

王凤清不但教我区别了稻草的好坏，还让我知道她为什么会得到好稻草。事实上在草包铺里，唯有五个人能得到好稻草，她们是王华、李淑艳、王凤清、王宝珍、迟玉梅。而这五个人中，王华和李淑艳似乎是理所应当的，因为她们一个是队长的女儿，另一个是会计的女儿，而其他三位得到好草，属不正常。据王凤清讲，迟玉梅得到好草，是因为跟草老大好，和草老大有一腿；王凤清和王宝珍得到好草，是因为她们厉害，会骂人，她俩曾合伙把草老大骂了个狗血淋头。草老大其实已五十多岁了，跟二十岁的迟玉梅有一腿，并因此毫不掩饰地分给她好草，骂也是该骂。不过能口无遮拦地骂人，也不是谁都能做到的。后来我知道，王凤清给我诉说实情，并不是教我也像她那样骂草老大。那些没有在成长中发挥能力的好稻草毕竟有限，有了我的，也许就没了她的，她只是为了表达自己的成就感。那样的年月，在那样黑暗的屋子里，不是谁都可以拥有成就感的。但我得承认，在当时，她对草老大的谩骂，对我是相当重要的。这使我焦灼的心情得到缓解，它抽丝一样将我心底莫名的愤怒抽走，使我在每天分完草之后，不管多么恼火，最后都能渐渐平静。

好稻草对我十分重要，可是当我得不到好稻草时，友情对我更加重要。然而，那只是最初的事情，时间一长，当我总也得不到好稻草，王凤清的友情便不再起作用了。因为它总归解决不了实际问题，总归挡不住我要得到好稻草的欲望，当一天一天下来，我的绳纺得又慢又粗糙，我便陷入了一种难以说清的郁闷。

我的郁闷是双重的。原本，我有着远大的理想，我的理想是念完初中、高中，考上大学，离开乡下，到外面的世界去，可是因为家庭突然的变故，我没有实现那样的理想。如果说这是命运，人都有自己的命运。我总不该在远大理想实现不了，回到生产队草包铺这个狭小的世界时，连得到一捆好稻草的理想都无法实现。总不该！可以想见，当我由渺小的理想联想到伟大的理想，再从伟大的理想联想到无法实现的渺小理想，我的心情会多么糟糕。我的心仿佛一个被泥墙堵住的洞穴，没有一点缝隙。然而，奇怪的是，当我因为一捆草而心情无比糟糕时，我并没有放弃对好稻草的想念，我对它竟更加着迷。

那是进草包铺一个月之后的日子，我因为总得不到好稻草，在上下班的时候，不走房后屋檐下的小道，而是绕到前门，专从生产队堆放稻草的大草垛经过。而每走到草垛旁边，都要长时间伫立在那里，打量那些叶子肥盈的稻草。在那座草垛的横断面上，好稻草一下子就能进入我的眼睛，它们仿佛被坏稻草压扁，只露那么一个肩膀。它们对我的到来毫无反映，它们在眼前的晃动却让我心跳加速。那个中午，当我故意绕到草垛旁，观望那些好稻草，我的心跳骤然加速，以至于感到脸和脖子火烧火燎。一个在此以前从未有过的念头就在这时突然冒了出来。我看定一捆稻草，向它走去，我在走近那捆稻草时四下张望了一下，见四周无人，便立即抽出一捆，撒腿就跑。

我得承认我干得很漂亮。我成功了。我把它送进水缸润了润，润软后，当天下午就放到我的草架上。可是，一捆好稻草还是太耀眼了，它放在了一个不该得到它的人的草架上比放在王凤清的草架上要耀眼一百倍。它很快就被草包铺的人发现了。显然，王凤清洞察了我的行为，当有人问我你哪来的这捆草时，她站出来，说，我给的。

我曾说过，稻草重要，友情比稻草更重要。我曾说过，友情重要，可是稻草对我依然重要。当我喜欢上好稻草而再也不敢去偷好稻草，对好稻草的喜欢，便只有借助夜晚了。在那样的夜晚里，无论是睡前还是在梦里，好稻草都在我的眼前搔首弄姿。它飘逸，它不是一捆，也不是单棵，而是两棵。它是从两个不同的嘴子里进入到机器的嗓子眼最终又拧到一起的。那时，我因为偷过一捆好稻草，在一个下午尽情享用过好稻草，用好稻草纺绳那种美妙的体验已经注入我的身心。我因为深入骨髓地尝到了使用一捆好稻草的滋味，使夜晚里的回味有着生动的面貌。稻草的叶子扇动着肥盈的翅膀，它们握在手中是那么蓬松暄软，有着某种不可抗拒的魅力，就像一个美丽的少女扇动着漂亮的裙裾。而一旦进入机器，一旦两棵拧到一起，便变成一条蛇，一条光洁、润滑的蛇，在视线里势不可挡地缠绕、转动。关键是，那样的蛇体态均匀、细腻，关键是它从来不断。而最最关键的是，当你再也不必担心绳子会不会断掉，或者说你相信绳子肯定不会断掉的时候，你会生出自信，它由你内心出发，最后走向全身。那种自信，对长期以来倍受压抑的我是多么重要啊。它会让你终于有机会抬头，看到窗外的蓝天和蓝天上的白云。它会因为看到了蓝天而让你对未来萌生窗口那么大的希望，那希望虽然也不是什么，只是窗口上的一星光彩和明亮，但它对我真是要多重要有多重要！

可是，你知道，当自信只能通过夜晚来回味，自信便是一个脱壳的金蚕，只剩下一个空空的梦幻。一经醒来，原形毕露，自信便不复存在。

在没有自信的日子里，有一种东西仿佛病毒一样浸入了我的肌体，它让我对我的出身开始不满，让我对我的性格开始不满。我常常想，如果我奶奶的弟弟不是国民党战犯，如果我的二大爷不是国民党兵，如果我的父亲不是因为经商而被打成"投机倒把"分子,如果我的四叔、五叔不是因为跟国民党战犯的舅舅通信最后被打成反革命,我何至于陷入如今这样对一捆稻草的欲望之中?我常常想,如果不是很小就受到奶奶封建家长式的管教,要我们凡事必须为别人着想;如果我的身上不是延续了母亲性格中的懦弱和忍耐,能够像王凤清和王宝珍那样随时都可以为生活中的不公出口大骂,我何至于被稻草折磨成这样?

怨念在我体内流动的结果,使我对掌管着分草权力的草老大生出憎恨,这是可想而知的局面。我常想,他为什么不能公平待人?我不但恨他,还恨迟玉梅,她为什么要跟草老大有那么一腿?

对于权力的憎恨,就这样开始于我的稻草时代。它使我认为,凡是权力,都是不公的,凡是权力,都是可以插一腿的。但我的憎恨是不彻底的,我是说,我在憎恨握有分草权力的草老大的时候,常常想,有一天,要是我也有了分草的权力,我也像他那样,想分给谁就分给谁,到时不管分给谁,就是不分给迟玉梅。

事实证明,对权力的崇尚,也开始于我的稻草时代,它由憎恨开始,或者说打着憎恨的幌子,如同大帽子底下开小差儿,是所谓恨极生爱,或爱极生恨,是剪不断理还乱的。但我想我是无辜的,这是现实对我的启蒙。现实发掘了我身上的弱点,那正是人性的弱点。

不管憎恨还是崇尚,它们只在我的思想和情感里,它们只是我身体里的现实。在这样一个身体里的现实外面,还有一个现实,那就是稻草,一捆叶子茂密,身体柔软的稻草。它们看上去细而又细,小而又小,而实际上却无比强大,它强大得和草包铺外边的天地融为一体。夏天，当闷热从空洞的窗户鱼贯而入时，它仿佛发酵它们，使它们变成凄风苦雨；冬天，当寒冷随草包片子挡着的窗户冲撞而来时，它仿佛加猛它们，使它们变成冷却人心的片片冰霜。

在我心里身外都透骨地发冷的时候，一双友情之手再一次向我伸来。她不是王凤清的，而是王宝珍的。王凤清常有对草老大的污骂，但对我已经不起作用，那样的安慰多了，只能增加我耳膜的厚度，使耳膜起一层老茧。因为那样的语言，说到底不是润滑剂，而是钢筋木塞。王宝珍给我的友情是温软的、温和的，她也会骂人，但她不会从中找到成就感。原因很简单，她是跟在县城工作的父亲下放到农村的，她心里装着比草包铺大一百倍的县城。回不到县城，她哪里会有成就感？骂人，只不过是她对现实的抗争和反抗。我是说，她心里装的从来就不是草包铺，而是外面的世界，这和我简直是一拍即合，和我曾经的远大理想一拍即合！

记不住是在什么时间和什么场合拍到一起的，反正，我们真的就拍到一起了。我们谈到我们的理想，我们的理想是每天换上工作服，在一声铃响之后走进工厂大院，然后跟闪着机油光的机床在一起。草包铺算什么？只不过是一个暂时的停靠站，就像一条船停在了避风港。避风港而已，她这么跟我说，她是回乡之后第一个跟我说这种话的人。她说此话，也许搭救的只是她自己，她用幻想来搭救自己。可是那话一经传到我的耳边，真正搭救的，却是我。是她把我的目光从稻草上移开，引向窗外，引向遥远的天边，让我拥有了向远看的眼界。那个远处，本就在草包铺外边，可是你若去看，用不着通过窗口，那个远处，无需用眼睛。事实上，它就在心灵的前边，只需用心灵抵达。也就是说，当我坚信，总会有那么一天，我会离开这里，到遥远的外边去实现自己远大的理想，眼前的一捆稻草真的就不算什么了。它算得了什么？它哪里是什么理想！

心灵的道路需要用心灵浇筑，如同我跟王宝珍之间的友谊。我们用心灵浇筑了友谊，如同我们用心灵浇筑了前方的道路。此时，我与王宝珍之间的友谊，完全超过了我和王凤清，超过了她跟王凤清。因为王宝珍的纺绳机在我的后边，我的目光常常要跳离纺绳车，回过头来。我们细小的声音常常从巨大的机器声中跳脱出来，飞进彼此的耳朵。当我们用心灵探望前方的道路时，两颗心自觉不自觉地就印在了一起，叠在了一起，压在了一起。到后来，她居然会把分来的好稻草与我合用，一人一半，每天如此，完全一副有福共享、有难共当的派头。

原本，我用虚幻的理想，抵御了现实的痛苦，却想不到，当虚幻的理想缔结了我跟一个人的友谊，它居然会化成一捆实实在在的好稻草，从而解决我实实在在的问题，这太让我意外了。

这是我稻草时代美妙时光的开始吗，我因为无意的努力，不期然地拥有了一捆好稻草。我的好心情，来自一捆好稻草，而一捆好稻草，则来自稻草之外的理想，来自理想之外的友谊。它们相互作用、相互生长，缺一不可，它们在那样的时光里对我的鼓舞，如同窗口的北风对于屋子里微尘的鼓舞，我的心几乎要悬起来了。

然而，做梦也想不到，那诞生在草包铺里的美好日子，不久之后就烟消云散了。那些天，乌云怎样涌满了我的天空，我丝毫不知。事实上，那些天一直阳光明媚、晴空万里，那些天，日光透过草包铺的前窗照射进来，竟然能够清晰地照见稻草带起的灰尘在空中的舞动。事实上那些天我心情极好，我的好心情是因为天气，也因为王宝珍与我分享了好稻草，更因为在王宝珍的感召下，草老大居然良心发现，也分给我好稻草。

后来我知道，去认为草老大分我好草是被王宝珍感动的，是多么愚蠢而肤浅。因为这种愚蠢而肤浅的以为，我在那样的几天里，纺绳的动作居然愚蠢地夸张，我把叶子蓬松的稻草握在手中，每抽一次，都缓缓地，将胳膊伸得长长的，让那松软的稻草在手中涩涩划动，之后轻轻一抖，灰尘立即满屋飘扬。是这飘扬的灰尘弥漫了王宝珍心灵的天空吗？是那夸张的动作划破了王宝珍心底的平衡吗？我不知道。反正就是那一天，当我一边怀着喜悦的心情享受着我的好稻草，一边回过头来跟王宝珍说话时，我看到，她的脸突然就阴了下来。她不但不回答我的问话，且看都不看我一眼，她紧绷着脸，一直不抬头。我一下子就慌了起来，我不知哪里出了问题，我不知道曾经贴心贴肺的王宝珍，何故一连多天都不再呼应我发出的友好的信号？

那些天里，草包铺里有了不祥的气氛。我能感知，我与王宝珍之间的关系吸引了所有人；我能感知，仿佛所有人都知道我俩关系变化的原因，就我不知道。因为她们在不时地交头接耳之后，总露出会意的神情。

到底发生了什么？

事情是在第三天露出端倪的，第三天下午分稻草的时候，王玉珍和草老大吵了起来。王宝珍指着她的草堆，指着草老大，说，今儿个，你不把草重分干脆不行。这时，我才发现，我和王宝珍的稻草彻底换了个儿似的，我的两捆全是好的，她的两捆全是坏的。也就是说,在我分得好稻草时,王宝珍就不再有好稻草了。草老大面目很横,他坚决不认为他有什么错。他说,凭什么老得分给你好草,凭什么?王宝珍毫不让步,说,就凭你天天给迟玉梅好草!草老大说,那没办法,她是俺将来的儿媳妇,有本事你找个老公公来当头儿。

整个吵架的过程,没有一句话跟我有关。但两天后,我知道那天吵架流露出信息所涉及的事物的核心,是与我有关的。那便是,草老大一直在小镇摆摊修自行车的大儿子,在我大哥的帮助下,在我大哥所在的农机修配厂当了临时工。因此,迟玉梅才肯吐口答应做草老大的儿媳妇。而迟玉梅做了草老大的儿媳妇,有关从前插一腿的说法也就不消自灭,因此,草老大就可以理直气壮地使用权力。其实这些信息,几天来,早已在村子里纷纷扬扬了,唯我沉浸在友情与好稻草的双重幸福中,一无所知。这些信息所涉及的事物中最最关键的一点是,在王宝珍看来,我的大哥是为让我获得一捆好稻草才帮草老大的,而为一捆草帮一个"杂碎",十分可耻。

我和王宝珍的友谊,发生了意想不到的断裂,从此,我们再也没有说过话。那是一段什么样的时光啊,我享用着好稻草,却一点也不觉得日子有什么光亮,我的心闷极了。每天上班,一走到草包铺门口,腿都绑了石头一样沉重;每天下班,一离开草包铺,心又像缠了麻一样烦乱。我曾不止一次想,如果可能,我宁愿把好稻草还给她,换回我们的友谊。可是王宝珍阴沉的脸,没有使我鼓足那样的勇气。

我们之间的友谊,还是断裂在一捆稻草上。事实上,不到一年,我和王宝珍就都离开了草包铺。她如她理想的那样,落实政策，全家回到县城。我，一个偶然的机会考入小镇制镜厂。事实上，我们再稍微坚持一下，友谊就会在我们之间生长出来，伸展出来，像绳子在纺绳机上的生长和伸展，一圈一圈缠绕出我们光洁润滑的人生记忆。后来我知道，这是不可能的，这只是我一厢情愿的假想。在我的稻草时代，我们的心灵因为过于贫瘠，无法不把目光凝聚在一捆稻草上，而只要把目光聚集在一捆稻草上，将营养输入眼前微小的事物，我们的友谊也就长成大骨节的稻草，一经拧到一起，便生生扯断。事实证明，在我的稻草时代，稻草所承担的力量已经远远超出了稻草本身，那由稻草所纺织的，已经远远不是什么草包，而是一个乡下青年的全部梦想。然而，正如那些奉献了精气和营养的坏稻草那样，正是因为在青春年代经历了压抑和心灵上的苦难，才有了我后来的日益丰硕的创作，它们使我拥有了真正的积累，使我过早地懂得了什么是生活。

　　为了头上那个米粒，骨节再肿大，叶子再憔悴，又有什么呢？

前　门

　　那由后门打开的春天、夏天、秋天，是怎么过完的，没有谁能够记住，它在具体的每一天里，都是鲜活的，忙碌的，都充斥着一个个盼望，一次次感动，或者一次次失望。可当一大堆日子过去，回过头来看，日子和日子，便像粘了黏糊胶，粘在了一起，擦在了一起，怎么也掰扯不开了。它们原本就像挂在墙上的日历牌，一页一页翻过去，有着清晰的页码；它们一页就是一页，谁也挨不着谁，某一页上，还被哥哥画上了记号，记着哪一天卖的猪，哪一天开的家庭会。可是，它们一旦变成过去，便浑然一体了，许多日子变成了一个日子，一个日子就是许多日子。由后门打开的日子，不知不觉就凝成了一个日子，翻了过去。一经翻过去，就迎来了一年一度的冬天。严霜一场接着一场，风骨愈来愈加坚硬，突然的，天空就飘起了雪片，家家户户的后门就挤上了土坯。

　　对于人，后门的封死，似乎是一桩坏事，是不方便的开始，对于前门，可就是一个值得纪念的仪式了。因为从此，前门便繁荣起来，它被人们淡薄了三个季节，它空有了宽宽的院墙，宽宽的泥道。它在迎来它的繁荣时，仿佛一只扔到荒野又被主人拣回的猫，异常的温顺和娇嗔。草屑、因夏日泥泞而凝固的车辙、因水沟大量积水而被翻掘的土岗，统统得到清除，有了一番焕然一新的面貌。它的温顺、娇嗔，本是大人们给予的，可当它呈现在大人们眼前时，却完全是一副讨好大人，向大人溜须拍马的殷勤模样，仿佛生怕大人再一次抛弃它。

我童年心中的前门，其实并非堂屋的风门，而是从风门开始，一直到院子门口的全部。它却又不是院子，院子包括了院坑、草垛、鸡窝、鸭窝和猪圈，而前门指向从风门到大门口那条道。这样的道，在它备受人们宠爱的黄金季节，是比后门的黄金季节更多一些光彩的。也就是说，它在时间的长度上，比不上后门开启的日子，而在滋味的强度上，却可以超出后门好多倍。因为在冬天的日子里，有着一个巨大的节日——年。还有两个不算巨大却也并不算小的正月十五和二月二。仿佛正因为冬日的短暂，上天才有意给予前门补偿，让它在那样的几天里，披红挂绿，张灯结彩。结彩，是房子和屋子的事，张灯，才是前门的事，然而由于房子和屋子里的事都要经过前门进进出出，也便都被看作是前门的事了。没有前门口的两只灯笼，哪里有夜晚里的辉煌？没有夜晚里的辉煌，哪还叫什么年！

于是，前门在冬天里，真是繁荣得可以，火爆得可以。它的繁荣火爆，与后门的最大不同在于，由后门打开的日子，是由大人们的紧张、忙碌做成的；而前门，却是由大人们的松散、余闲做成的。后门的火爆是劳动，前门的火爆是享受劳动成果。后门的火爆是以苦为乐，前门的火爆则是乐中生出对日子的玩味了。在这样的日子里，像挑逗小猫一样玩味着生活，是一颗童心最最崭新的课题。看大人们将一担担粳米、稗子、高粱挑到碾盘碾碎,再一担担挑回家,放到锅里蒸出发糕、年糕;看大人们将一担担豆子送到水磨上,再做出一方方白汪汪的豆腐;看大人们一趟趟将自家的猪肉鸡鸭蛋送到集市上,再一趟趟换回小鞭儿、供花儿和一应过年用的物品。

在这样的日子里,大哥隔三岔五,就在自行车的后座上,往家载回一些大蜡烛大鞭炮之类;母亲则把钱找给大嫂,让她到集上去给家里所有人买布料做衣裳,买鞋子和袜子。大哥买什么,支出的钱不用计账,因为他挣钱最多,好像挣钱最多,就拥有了做父母的权力。大嫂代母亲花的钱,却要记账,母亲和嫂子将那账叫"伙儿",母亲的权力,是"伙儿"的权力。于是,最火爆的日子到来之前,要常常发生一些不快,比如三嫂发现三哥做衣裳布料短了一寸,比如二嫂发现她孩子的袜子有个断线头。大嫂把东西买回来,都是母亲分的,可是因为母亲将代表她的权力授予了大嫂,二嫂三嫂的挑剔便难以避免了,它似乎关系到相互的信任——二嫂三嫂,其实只是为了争取母亲的信任。因为当真将大哥的衣料换给三哥,将大嫂孩子的袜子换给二嫂,她们是坚决不肯接受的。如此,相互间的摩擦就产生了,饭桌上,谁也不跟谁说话,你看到我,扭开身,我看见你,转过脸。然而,不管发生什么不快,只在到了前门的彩灯挂上去,一切都会烟消云散。仿佛彩灯是云中的彩虹,能够真正吞噬乌云,还日子万道霞光。

由前门聚拢的春天,自然有着平素所没有的祥和,是每一个人都能感受到的祥和。然而,在我七八岁的时候,我却觉得,前门的祥和不是冬天给的,而是父亲给的。因为我们家所有人,都在后门开启之后,冷落过前门,只有父亲,一年到头,除了夜里开会由我领着，无论什么样的天气，也无论是早是晚，从不放弃在前门进出。

父亲，是一种书面的称谓，在这里，我将我的爹妈称为父亲母亲，是为了书写的方便。其实，父亲在世的时候，我是一直叫他爹的。我的父亲1919年生人，他与母亲结婚，后来生我的大哥时，已经是1943年了。二十世纪四十年代的乡下孩子，几乎无一例外地要将父亲叫作爹。可是我的二大，却因为在外边当兵，很早就做了国家的人，他的孩子只比大哥小三天，就可以叫爸而不叫爹了。我懂事的时候，新中国成立十多年，对父亲称谓的改革已经波及乡下，山咀子的新一代子女，全都将爹改为爸，只有我无法改变。因为我和大哥是一奶同胞，不可能有两种叫法。尽管大哥比我大二十多岁。

在同龄人中，不能像别人那样将爹叫成爸，是我童年里又一桩苦恼，它常常让我在众人面前生出羞怯和自卑，就像曾经因山咀子的叫法而自卑。母亲让我到街上喊父亲回家吃饭，我从不敢大声，往往是悄悄跑到父亲跟前，声音含在嗓子眼里，小声小气说：爹，吃饭。我因此对那些能够叫爸的人充满羡慕，觉得他们是那么牛气、了不起。不过，我可从没因为称谓，而累及对父亲的感情，反而更加爱他、疼他。好像老天已经平白无故将不公给了他，我不能再帮倒忙。

父亲之所以一年四季必走前门，是因他的那双眼睛。父亲二十四岁生了一场天花，一直生到眼睛里，差一点送了命。父亲十三岁起，就骑自行车在辽南一带做大布生意，供四叔、五叔上学，帮在外面当兵的二大养家。为了挑起养家的重任，生天花刚好，父亲就风里雨里又做起了生意，致使三十岁时，因视神经萎缩，视力大减，到四十几岁，母亲生了我，他已经看不清我的模样了。据父亲讲，父亲的眼病，当时只要肯拿出三百块钱，就有可能在安东或盖州这两个城市治好，但他不舍得钱。我懂事的时候，父亲已经彻底失明，我长得什么样子，穿什么衣裳，梳什么辫子，他只能用手去触摸。

父亲看不清我，但我要是从他身边经过，他会一下子就认出来。他说他能听出我脚步的声音，能闻出我身上的味道。有一回，为了考验父亲，我故意扛一把铁锹，学大人的样子从他身边经过，当我走到他的身边，刚要与他错身时，他一把拽住我肩上的铁锹，说小兔崽子你往哪儿去。因为没想到父亲真会认出我，我差一点被父亲拽了一跟头。

并非眼睛不好，就非得走前门，父亲走前门，多半因为他干的那种活。当时，父亲因为经商，被打成"投机倒把"分子，四叔因在沈阳工作期间，跟国民党战犯的舅舅——奶奶的弟弟有通信往来，被打成右派遣回乡下。（五叔也跟战犯舅舅通过信，但他因为是沈阳鲁迅美术学院的高才生，被打到北大荒伐木。）二大，因当过伪国兵，而被打成反革命。前边说过，关于我的父辈们在那残酷的年代里，是怎样被残酷地革了命，我没有太多记忆，它们贮藏在家中比我大的所有人的记忆里。我能清晰记住的是，我的父亲、四叔，皆因为成分问题，常年干一种活——挨门挨户掏大粪，挨门挨户推院坑里的粪。为什么是父亲和四叔，而不是二大和四叔，或者父亲和二大，这里还有另一个原因，是一个被乡下人归结到宿命的原因。我的四叔从沈阳回乡之后，也一点点双目失明。孙家祖祖辈辈，从没有过失明的眼病病史，却在这一辈子，一下子出了两个。四叔的眼病，很有可能是因急火得的,但因为和父亲是哥俩,就有些神秘了。

挑粪和推粪的活,在生产队眼里,似乎是最适合他们干了,它一方面不用上山下田,可以靠感觉摸索着干,一方面成天与臭不可闻粪便打交道,正常人没有谁愿意,也算是对父亲、四叔的一种惩罚。于是,由于常年推小推车,常年挑大粪桶,走前门便成了父亲和四叔的必然。于是,在每家每户的院子里,在通向前街、后街、粉房街、东山岗的小道上,父亲和四叔的身影,便是一道永恒的风景。

只要太阳从东山岗冒出地面,父亲和四叔就从自家的前门走出来,他们不需要哨声,因为他们的活不需要分派。他们出来,一个在东,一个在西,有时,又会碰到一起。他们是绝不允许同时在一家干的。他们碰到一起,是他们推的或挑的粪,必须送到一个固定的粪场。他们碰面,谁也看不见谁,但谁都知道对方是谁。他们知道对方,却不说话,不但不说话,还要相互躲着,因为他们生怕因自己不慎撞着了对方。两个人都躲,一种情况,是中间最宽敞的道被躲了出去,结果,两个人都陷进了粪场边的烂泥里。另一种情况,是怕重蹈陷入烂泥的覆辙,反倒撞到了一起,结果,不是粪便溅了满身,就是两车粪分别倒到道边,再一锨一锨运到粪场里。发生这种情况,事情就变得糟糕,因为那散落在道边的粪便是他们无法打扫干净的,打扫不干净,踩在了正玩耍的孩子们的脚上,他们便要用恶作剧的方式报复父亲和四叔,见他们远远地推小车过来,故意在道上扔些障碍物,或者,在你刚刚装满粪的车前边,放一块石头,让你刚刚一推,车就倒在院子里。孩子们最初,只为报复,可是时间一长,父亲和四叔就成了他们挥洒聪明才智的对象了。时间一长,他们不光是孩子们挥洒聪明才智的对象，还传染到大人。我就亲眼见到过一个叫唐正安的人当着很多大人的面，将一个石头放到父亲的车轮底下，父亲的车倒了，引起人们哄堂大笑后，我便在他身上，挥洒了雨点般的拳头。

父亲和四叔必干的活路，在我眼里，是一个要多残酷有多残酷的活路，可是，他们的表情从来都是平静的，看不出悲伤的。四叔那边且不说，单说父亲，他常常是面带笑容和颜悦色的。当有人将他的车弄翻，他顶多能骂句小兔崽子，且骂时，也没有愤怒，好像他也认为这仅仅是一种游戏。

在父亲那里看不到悲伤的最重要原因在于，父亲喜欢讲国家大事。我的大哥在1964年，就为父亲买回一个半导体收音机，夜里，父亲要一字不漏地听国家发生的事。父亲夜晚收听国家发生的事，脑子装满，第二天，那半导体里的事就成了父亲嘴里的事，走到谁家讲到谁家。因为奔着到外边传播，父亲一早走出前门时，脸上挂着充足的笑容。父亲的传播对象，主要是女人们，因为男人们都在山上。父亲在谁家院子出粪，就讲给谁家女人听。父亲说，中国和阿尔巴尼亚是最好的朋友，咱地里种的小麦就有他们的份儿。女人们说，你怎么知道，你从北京才回来吗？父亲说，收音机里说的。女人们关心的是自己的家务事，从不关心国家大事，语气里流露的其实是讥讽，父亲听不出来，或许，即使听出来，也装着听不出来。有的女人，父亲怎么说，就是不接茬，这时，父亲便要使一点小小的伎俩，先同她唠一些家常。那家常，必是在父亲的掌握里最能击中对方命脉的那种，比如谁家婆媳不和，正闹分家，父亲就说，怎么，闹分家了是不是？我就看你那媳妇不怎么样。于是，对方就揭开风门，接父亲话，三哥你可真行，知道国家的事儿，还知道俺家的事儿，你会算吗？父亲于是得意地说，当然啦，瞎子嘛，哪一个瞎子不会算？！父亲终于引出对方的话，就跟对方唠起了家务事，传授一些有关当家做主的经验。毕竟，从奶奶统治的大家庭里分出来，自己又统治了一个大家庭。传授到后来，父亲总要话机一转，转到国家大事上。与女人们唠小家里的事，目的是要引出大家里的事，而父亲在小家的那一部分事情里，已过多地投入了感情，最后又总要站在听话人的立场上，博得听话人的欢喜，听话的女人，便只有哼呀哈地听父亲讲话，似乎是在还父亲的人情。

不过，女人自知大可不必像父亲那样认真的，她们往往该干什么活还干什么活，有时在偏厦里择干菜，有时跳到房后菜地里薅须草。反正父亲看不见，只需大声应着便是，只需时不时地夸一句便是：妈呀三哥，你可真行，真像从北京才回来。不管在哪儿，只要有人应着父亲，父亲就十分得意。父亲这时的得意，往往是得意的高峰，他会将铁锹往小车上一拍，说：你以为怎么样，你以为人在家门口，就只知道家门口那一点事儿，那不是人，那是畜生！

在外边获得了女人夸奖的父亲，不管多么累，不管遇到多少翻车事件，下班回来，脸上都是挂着笑的。可是，这样笑脸的后边，不知不觉，就会跟进一个尖锐的声音。那发出尖锐声音的女人，还不等走进前门，就呼出了父亲的名字，或对父亲辈分的称谓。如果是父亲的同辈人，就直呼孙承业，如果是小字辈，就貌似礼貌地叫三叔或三大。不管叫什么，声音都比摔了瓦盆还要难听。她们跟进门来找父亲，无非是父亲在同她的婆婆唠家常时，伤了她们，她们气急败坏地说，你说你一看俺就知道不怎么样，你怎么能看见？

　　这样的时候，父亲收住笑容，无言以对，只有母亲出来圆场。从不在儿媳面前发一点火的母亲，这时要冲父亲大发其火：干活就干活，讲那么些没用的干什么？找上门来的人，见一向温顺的母亲发了火，便也只好作罢。于是，父亲为自己对国家大事的热衷，付出了巨大的名誉上的损失。

　　在我十几岁的时候，常能听到人们对父亲这样评价：心眼不错，就是嘴不好！

　　也许找上门来的人多了，使父亲对所谓名誉不再敏感；也许，父亲太了解自己，不将那些鼓胀于心的国家大事说出去的那种难受，远远超出了丢失名誉的难受；也许，父亲压根就没把女人嘴里的名誉当作什么名誉。1983年，改革开放之后，中国沈阳与美国芝加哥结成友好城市。父亲来到南甸子的稻田里，大张旗鼓地跟乡亲们说，这一回可好了，沈阳和芝加哥成了朋友，过不多久，地里就开来了美国的拖拉机，知道吗，美国的拖拉机既能播种又能收割。父亲喜悦的样子，仿佛他已经听到拖拉机从东山岗开下来。

　　父亲一辈子走南闯北，在商场上争战，经得了太多的风雨，见得了太多的世面，耳边灌满了外边的事情，他怎么可能在短街与土道上闭口不语呢？怎么会为几个女人而气馁呢。

　　父亲不气馁，父亲一遍遍从前门带回的尖锐的嗓音，便成了我童年眼里最大的不幸，成了父亲遭受的最大的伤害。那不幸和伤害，尽管发生在我家的院子里，但它不属于别人，只属于父亲，因为所有人都指向了父亲。这可太让我难过了，替父亲难过。每逢这时，我都跑到父亲膝下，将自己卷进父亲一直围在腰间的围裙里——那是一个几乎要触到脚面的围裙，黑色的，四方的，一年四季扎在父亲腰上，挡着来自前方的粪土和粪便。它挡得住粪土和粪便，却挡不住人的唾沫，当那些伤害父亲的唾沫朝父亲喷射时，我用围裙卷着自己单薄的身子，紧紧贴在父亲膝间，以期用自己的体温，温暖、抚慰我的父亲。

亲历了由前门引进家来的伤害，目睹了父亲招致的陷落，当一年中张灯结彩的喜庆由前门涌入时，便在心底里想，父亲付出了那么大的代价，怎么会换不来一点喜庆和欢快呢！有了父亲付出的代价，那一点喜庆和欢快又算得了什么呢？

对于父亲，真正的不幸，还是在1985年，这也是我们全家人的不幸。这个属于我们全家人的不幸，不是他为谈论国家大事引得女人找上门来，而是父亲再也不能谈论国家大事了。父亲一夜之间，得了脑血栓，右胳膊右腿麻木，不会说话。父亲开始是呜呜啦啦，偶尔，还能吐出一个半个字，三个哥哥当即把父亲送进沈阳苏家屯专用蛇毒治疗脑血栓的医院，可是半月之后，父亲因为想家，也因为不见自己好转，坚决要求回来，从此，父亲便失语了。父亲失明，又失语，这是多么大的不幸啊，看不到这个世界的光明，又不能将内心的感受表达出来，将是多么痛苦！重要的是，我的父亲多么需要表达啊……

上天为什么要这么与父亲过不去，难道真的有什么神灵吗？

时至今日，关于父亲失语之后的文字，我从没写过一个，我不知该怎样来写他，我甚至不敢细想，一细想，就心如刀绞，疼痛不已。我不写，不光是为了自己的心情，也是不愿将父亲的痛苦凝固成文字，我感到，它一旦凝成文字，便构成对九泉之下父亲的伤害。我宁愿它是一缕烟，能在干旱的季节，蒸腾出漫天的大雾，让天下每一个人都在享受阳光的同时，感受到雨露的滋润；我宁愿它是一丝风，能在不知不觉中，卷走漫天乌云，让世间每一个人，在经历寒冷之后，看到阳光执着的照耀。我是说，我宁愿用父亲所有的痛苦，我的痛苦，祈祷人类的健康与光明。

从那样灾难的日子里，掠走父亲的哭声、母亲的哭声、我的哭声，剩下的，便是那一星星如同闪烁在烟蒂上的火光了。当你缩小了你的期盼，一星烟蒂上的火光，也会燃成烛照生命的火炬。这了不起的火炬，仍然来自前门，来自父亲曾千百次走过的前门外的土道。那是星期天的日子，我搀扶父亲，在前门外的土道上走来走去。那时，我在辽宁文学院进修已经毕业，分在县城的文化馆，一周回家一次。在父亲失语之后的日子里，父亲只相信我的搀扶，因为只有我，能够准确感知他的内心，准确而细致地回答他随时提出的疑问，比如苞米的穗参出多高，比如水沟的沟底有没有淤泥。那时已经分田到户，院墙外边那块地，已经变成我家的口粮田。如果是冬天，父亲便要坐到前门口的松树边，静静地晒太阳。父亲仍然关心国家大事，但绝不要听电视里播音员的播报。失语后的父亲，对来自电视里的声音充满排斥，似乎那是一种噪音，他只愿听我向他讲述。我一边讲，一边用手抚摸他的脸，他的额头，他下巴上的胡须——父亲得病以后，理发和刮胡子也不再相信别人，只要我来做。那样的日子，他享受了倾听的美好，获知的美好，也享受了由他唯一一个女儿给予的爱抚的美好。有时，由于手法不好，将他的下巴弄出血，他感知了疼，赶紧握住我的手，嘿嘿地笑起来。

听母亲讲，我不在家的日子，父亲在屋子里呆得闷了，也要摸索着走出屋子，这时，他不需要任何人的搀扶，只自己走。他在走到前门之前，要先来到院子东边大哥新盖的平房边，在墙外一节一节摸着，门、窗、墙皮，从北摸到南，再从南摸到北，之后走出来，走出前门，来在院外的墙边，在那里久久地望着。那仰着头的样子，好像他看到什么，好像将眼前所有的景致都看在了眼里。

父亲看到了什么？

1989年冬月二十八，父亲去世在小镇上的新家里，那是刚刚搬到小镇一个月零三天的日子。星期天，我照例回小镇为父亲理了头，刮了胡子，洗了脚。那时我怀孕三个月，父亲不知从谁嘴里听说了，一再逼我上炕躺着。回文化馆上班的第二天，单位白会计交给我一个稿费单，是《上海文学》寄来的。白会计说，真奇怪，这稿费单居然被送到了殡仪馆，今天早上，又从殡仪馆转过来，明明写着文化馆呀，怎么能送到那里？正在为白会计的说法心生恐惧时，我便接到了那个不幸的电话。

这也许仅仅是一个巧合，可是我还是相信冥冥之中的感应。

有了老家前门无法用语言描述的情感交流，父亲离开，怎么能不让我有一点感应！

粪 场

眼前的这块空地,不足三百平方米。在地理上,是前街、后街、粉房街、东山岗的交会处,它的前边,就是那条通向东山岗的道;在地势上,它低于后街,后街的菜地,低于东山岗以及我家老房子那条街,是山咀子最盆底儿那块地方,与前街一平。这个地方,在我的童年少年时期,一直是一个粪场。粪场,顾名思义,就是攒粪的地方。集体化时代,辽南乡下每一个村庄,都要有一个集体攒粪的场地,它可以是二百平方米,也可以是一百平方米,大小要视村子人口而定,但它必须是一个村子的中心地带,必须是洼处,因为只有这样,才可以方便家家户户粪便的囤积,才可以方便尽往低处流的雨水的囤积。所以,所谓粪场,它首先是粪土的中心,废水的中心了。

在我童年的眼睛里,粪场有着相当的高度,也十分陡峭,若不是顺着大人们留下的阶梯,轻易是上不去的。粪场里的粪和水,要用碱泥筑起的堤坝堵着,如同水库的堤坝。水库的堤坝,是借助了山脉走势,只堵一面,而粪场的堤坝,则是四面皆无依靠,有着平地而起的气势。水库的堤坝,要用石头水泥,粪场的堤坝，则完全是泥土本身。水库的堤坝，一经筑起，便一劳永逸，粪场的堤坝，则是年年都要平地而起。

一年当中，总有那么一段日子，粪场里的粪被大人们全部运到田里，粪场子便仿佛被炸弹炸过似的夷为一片平地。这时节，往往是冬至，是冬的尾部了。冬的前半部，冬的高峰里，人们把冻成土墙似的粪土刨成粪块，一块块运走，到了冬的末尾，便是从外边往粪场运泥筑坝的时候了。这里所指的外边，是小镇，是小镇南边的老港，是老港南边的碱滩，一片与潮起潮落亲近着的地方，大人们叫它南碱滩。隆冬一过，年的前后，生产队的马车就一辆接着一辆越过东山岗，向小镇方向去了。他们往往一天两个来回，以正午分界，他们在早上或中午出发时，车上拉着上小镇赶集的女人们，响午和夕阳落山回来时，车上便围了草帘子，草帘子里面便装了一座小山似的实实惠惠的碱泥了。

车拉回的，不过是些海边盐碱地里的泥，可是因为从来没有去过海边，不知道那是一个什么样的地方，车从外边拉回的碱泥便不一样了。它也确和大田里的泥土不一样，异常细腻，如同母亲用细箩罗下的苞米面，却又不像苞米面那么爽手，有着黏度和湿度，用手一握，能握成团。可是你不握它，又非常松散，很神奇。神奇的是，本是碱泥，可是因为用这样的碱泥筑就了粪场堤坝，粪场在我眼里，也就无端地神奇起来。它被夯实的碱泥一层层加高，起初还只有小板凳那么高，一转眼，就比我家堂屋吃饭的高桌还高了。当它比饭桌高那么一点点时，你还可以看见里面的构造，似乎比外边粗糙，不像外边那么光那么滑，如母亲用破布条缝起的棉袄里子。再一转眼，它超过了你的视线，站在外边，你就只能看见光光一堵墙，墙里边的景色，你却什么也看不见了。

粪场子真正的神奇，其实是从堤坝挡住你的视线那一天开始的。你明知道那里面没有什么，可是，你越是看不见，越是觉得里边有着无限的美景。于是，你就要在大人们不在的时候，爬上那个人造阶梯，朝里边探望。然而，这非常困难，因为那条堤坝窄窄的，一不小心，踩了堤坝上的松土，会掉进去。掉进去，倒没有什么太大危险，刚筑的堤坝，还没有雨水，父亲和四叔倒进里边的粪便还很稀少。可是再稀少，总保不住你不正好掉到粪便中。所以，大人们在孩子出去玩耍时最忘不了嘱咐的一条便是，离粪场远点。然而大人们不知道，这样的嘱咐是多么激励着孩子们啊，它不但缚不住一颗好奇的童心，反而更加渲染了粪场的魅力。某一个大人正在休息的晌午，我们踩着阶梯，不知不觉就爬了上去。我们爬到高处，终于看到粪场里的神奇了，驴屎马粪人便混淆在泥土里，散发着臭烘烘的气息，向往便在嗅觉的作用下，变成一声长长的叹息。

但是，绝不要指望，我们会从此丧失对粪场的兴趣，当春天过去，夏天到来，高耸于眼前的粪场会再一次吊起我们的胃口。因为这时节，粪场里有了雨水，满满当当的，如一个水泡子。小时候不知道湖这个字眼，不流动的水泡子，就是我心中真正的人间奇迹。尤其这水比我高，在我的头上，恍如在天上，是天上之水，且这水边又聚满了歇伏时节的大人们。所谓歇伏，并非歇着不干活，而是大人们在入伏之后将战场从大田转到粪场而已。大人们将各种青草挑上堤坝，三夹菜、须草、老苍子、细甜谷、艾蒿；把各种枯死的秸、蔓挑上堤坝，土豆蔓、芸豆蔓，还未过季就已经因雨水烂掉的菜豆蔓，于是，这粪场里的世界，便成了一个各种植物聚会的地方。它们的命运是被沤臭烂掉，是悲惨的，可是因为有水，无疑是鸭子和鹅最喜欢的地方。鹅鸭们将一日日沉入水底的草蔓搅动起来，搅出半空的腥味臭味，无疑要吸引各种蚊虫，如此，粪场里的世界，便再一次变成童年心中最最向往的地方。

在我童年印象里，蜻蜓本是和蝴蝶类似，喜欢花草树木，可是不知为什么，它们在夏季最炎热的天气里，纷纷飞到粪场上空。它们飞到粪场上空，往往是黄昏时分，它们薄薄的蝉翼上闪着金灿灿的霞光，它们成队结群，就像上东山岗庙堂给死人们报到的大人们的成帮结队。可是，它们一点也不像大人们那么有秩序，飞着飞着，就乱了阵脚，就打场一样弥漫了整个粪场。最初，我真的以为它们把粪场当成庙堂，在为那些淹在水中的须蔓报到，可是你只要静静地看一会儿，就会恍然大悟，它们原来是为那些比它们弱小的蚊虫而来的。它们之所以乱了阵脚，是跟着蚊虫瞎转的结果。哪里的蚊虫多，它们就飞往哪里，蚊虫聚到哪里，它们就聚到哪里，它们原来仅仅是为了热闹，为了向蚊虫显示自己的硕大和美丽。

这一点可是太让我们开心了，蜻蜓在粪场显示它们的硕大和美丽，我们便用我们的追逐，显示着我们的硕大与美丽。我们当然知道我们不及蜻蜓美丽，但我们会制作美丽的蛛网，那蛛网正是蜘蛛吐的丝网，它被我们勒在了半圆形的柳条上，由一根苞米秸固定而成。我们将它擎在手中，企图一个一个将蜻蜓粘住。于是，我们追逐蜻蜓，蜻蜓追逐蚊虫，蚊虫追逐臭气，粪场便形成了一个巨大的迷魂阵……

蚊虫和蜻蜓的道路是无限的，它们可以抵达粪场上空的每一个角落。我们不可以，我们只能绕着粪场外边转，即使有胆大的，爬上了堤坝，即使我们手中的蛛网有着相当的长度，也够不到粪场里边。于是，粪场上总也到不了的角落，便构成了粪场的开阔与无边，粪场的开阔与无边，便使我对建粪场的人的憎恨也开阔无边。

恨开阔无边，是说我憎恨的不是哪一个人，而是全部，而是一种情绪。其实憎恨不单单从追不到蜻蜓开始，这只是一个引子，像电影里的序幕，更深的憎恨还有后边。更深的憎恨，是由鸭子和鹅子引起的。它们在粪场上搅动了一天，玩耍够了，却不能像人那样自动回家，要大人们出来找才行。全村的鸭鹅都聚在一处，要从它们中一拨一拨分出来，实在是太难了。大人们，都自认为他们是认得自家畜类的，可是鸭鹅又没有标志，常常一不留神，就把别人家的鸭鹅赶回自己的家。问题就这么发生了，后赶的人家，见自家的鸭子少了一只，便站在粪场大骂开来，哪一个穷鬼贪心偷了鸭子？本是可以不骂的，也是知道有可能赶错的，可是，饭正烧在锅里，一家子劳力正等在饭桌边，天又越来越黑，怎么能不急眼？再说，丢的那只鸭子，恰是最能下蛋的那只，一天下一个，怎么能保证那赶鸭子的人家不是贪图明早那只蛋呢。

一个人骂起来，所有人都惊动了，纷纷把自家的鸭窝打开，一遍遍数，一遍遍查，怎么查，都是六只，一只不多，便任那个丢鸭子人家骂哪个穷鬼去，自己心安理得放被睡大觉。可是刚刚迷瞪过去，一只鸭子呱呱呱叫起来，爬起来看，院子里确有一只鸭子站在那里孤零零地抻着脖子，是自家的鸭子。于是，顿生一身冷汗。显然，先头那六个里，有一个是别人家的。夜里去还，已不可能，只能等到明天。明天，将所有鸭子一块放出去，它们只要混进粪场里鸭子的队伍，一场误会也就可望消除。可是，恰恰丢鸭子的人家，天还没亮就候在了粪场边，那在别人家过了夜的自家鸭子一经冒头，就被主人抓住。主人抓住自家的鸭子，且还要抓住这个群体里别的鸭子，然后将两只鸭子一同擒回家。这样，到了这一天的晚上，那个昨天偷鸭子的人家，也就原形毕露了，因他必出来找。于是，你说我偷了你的鸭子，我说你偷了我的鸭子，粪场边上，一场恶战也就开始了。

为的本是鸭子，一人一句翻出来的，却是爹娘祖宗。当打架的双方翻出爹娘祖宗，原来只有两个人的战争便很有可能升级为四个人六个人甚至八个人，反正谁家也不缺儿女。遇上那种脾气暴躁的儿女，铁锹、镢头肯定抡起来了……

那个抡起铁锹、镢头的人，正是我的三哥。因为他亲耳听见了丢鸭子人家昨晚那通骂，当母亲一早让他把鸭子多下的那个蛋送给人家，他狠狠一摔，就将鸭蛋摔碎在院坑里。三哥本来就仇恨那张臭嘴，终于等来了机会，不动用家什那才叫怪！可是，这一动不要紧，给母亲吓出一场大病。在母亲生病那段日子，我对粪场恨之入骨，对那些建粪场的人也恨之入骨。恨不能哪个早上或晚上，在无人看见的时候，像《龙江颂》电影中的阶级敌人那样，将堤坝掘出一道口子，放了所有的粪汤臭水，让它干成裂出一道道口子的粪堆。

粪场，是自然要裂出口子的，但那不是我干的，也不是别的憎恨粪场的孩子干的，那是季节干的。这个季节，不是夏季，也不是秋季，而是寒冷的冬季。冬季将粪场弄出口子，并不是放了粪场里的粪汤臭水，而是将粪汤臭水全部冻在里边，将春天的神奇、夏天的仇恨全部冻在里边，还冻进了秋天的菜帮菜叶以及地瓜梗和草屑。我远离它，不看它，直到有一天，它被冻裂出一道道痛彻肺腑的口子。一个伙伴正在疯跑，突然就停在了那里，他看上一会儿，于是嗷叫起来，快来看啊，粪场裂口子啦！

我便满心欢喜地跑去看。

此时，经历了一个秋天，我的欢喜，已经远远不是报复了什么的欢喜了，我其实早已将仇恨忘得一干二净。我的欢喜，跟粪场冻成一个实实惠惠的物体有关。也就是说，冻成一体的粪场，再也没有什么危险了，再也不会无中生有地制造恐怖了。你可以在上边尽情地爬上爬下，任性地跑东跑西，没有任何角落你不可以去，你即使绊倒在驴粪蛋上，也闻不到一丝臭味，反倒有一种甜丝丝的草香。所以，冬天的粪场，简直可以说是一个无中生有的游乐场了。

一个不足三百平方的冻粪场，是我跟伙伴们冬天里最最开阔的游乐场。它不但开阔，还有着高度，恍如一座巍然屹立的高山，是一个布满陷阱的战场。我们学着电影里的样子，分出"解放军"和"日本鬼"两个营垒。我们之所以不把敌方设计成国民党，都是我的缘故，因为我的舅爷是国民党战犯。开始，敌人总要占据粪场上面的有利地形，解放军总是在粪场下面，处于劣势。我们的武器，是一根根苞米秸和木棍，我们的炮声和枪声，是无数双嘴唇发出的嘟嘟声。我们双方交战的原因，首先因为一只鸭子，由于敌人怀疑鸭子让解放军偷走，骂解放军，战争就打起来了。战争的结果，解放军必胜。当然，这胜利并不是真刀实枪打出来的，而是某一个年龄大一点、有权威的孩子的一声呼喊，鬼子快投降——敌人就叽里咕噜从粪场上往下滚，解放军，则呼哧呼哧往堤坝顶上爬，高呼解放军万岁！解放军爬上粪场，绝不允许走阶梯，必须是真正从陡壁往上爬，这样一来，当解放军，就要比敌人付出的多一些。然而解放军是好人，是英雄，让你当了英雄本身就占了便宜，爬是为这便宜付出的代价，是为当英雄付出的牺牲，要奋斗就总会有牺牲。然而，再付出，也还是有很多人争当解放军的。

粪场上上演的，本是由孩童模仿大人们的戏，却也是人世间一出正戏。其中有人与人之间关系的矛盾，有对不公的争斗，有对微妙心理的把握和平衡，也有对正义的向往和崇尚。然而，这样的游戏，并不能持续多久，因为粪场上的口子越来越大了。这意味着，大人们要真正攻打这个堡垒了，大人们攻打堡垒，我们的士兵就要彻底撤出去了。

大人们的武器，当然不是苞米秸和木棍，而是一面尖一面宽的大镐。大人们将这样的武器带到粪场，宣告了我们打斗时光的结束，也宣告了他们上山送粪的开始。大人们手中的大镐，是顺那道裂开的口子刨进去的，那口子其实很窄，只有刀背那么宽，却很长，从粪场的北头一直裂到南头。所以，攻打堡垒的大人们，在刀背宽的口子上站上一排，一镐一镐刨下去，真就给人训练有素的士兵的感觉了。

对于大人，这确实是一场殊死的战斗，需动用村里所有劳动力，需使出吃奶的力气。因为大人们的敌人太顽固太难对付了，那些在夏天里被大人们甩进去的草蔓粪土，一经与水冻到一起，便仿佛凝固的石头一般，一镐上去，砰的一下就溅出满天冰碴儿。冰碴儿在半空划出一个弧度，再哗哗降落，恍如玉珠从天而降，晶莹透明。然而，这在我看来晶莹透明的冰碴儿，往往要激起大人们的愤怒，他们会立即提一提狗皮帽子，往手上吐口唾沫，又一镐刨下去。镐也要在半空划一个弧度，但它的方向与冰碴儿正好相反，冰碴儿是从前边划到后边，镐头却是从后边划到前边，有围追堵截的意思。然而这一镐落地，只能再次溅起漫天冰碴儿，与前一次唯一不同的是，冰碴儿出处的坑深了一层。这一回，使镐的人有些火了，再不提狗皮帽子，也不吐唾沫，一歇都不歇，一口气三次四次，直到一块几尺见方的粪块从结结实实的粪堆上剥离下来，才松一口气，才揭下帽子抹一把汗。此时，那额头的汗，已经与空中凛冽的冷气对流出一股白烟。

就这么的，刨一块，再刨一块，每一块与粪堆的剥离，都要经历四五次手被震的痛。于是，在粪场上扬镐的大人们，侧面看去，便像我家院子里正在觅食的鸡了，极少有抬头的时候。

粪场上大人们的战争不但是艰苦的，还是持久的，往往要持续两个多月。这两个月，是将一座山搬动、移走，就像课本里说的愚公移山。可是我不明白的是，课本里那座山，是上天造的，而这座粪山，是自己造的，大人们为什么要这么跟自己过不去呢？

不管如何不解大人们的自讨苦吃，不管如何因大人们的持久战而影响了我们的歼灭战，粪场还是能给我们带来快乐的，这是一年中，粪场带给我们最后的快乐了。这快乐是由那一块块从母体上剥离下来的粪块做成的。它们让大人们辛苦又劳累，却让我们快乐又轻松，可见人世间的不公，无所不在。好在，这不公我们不说，大人们并不知道。因为我们再一次冲向粪场，绝不是白天，也就是说，在那样寒风凛冽的冬天里，粪场的白天是大人们的战场，晚上，就是我们的战场。

那是一个月当中，仅有的几个有月光的夜晚，我们两人一组或三人一组，将那些结冰的粪块撂起来，我们学着大人们垒院墙时的样子，顺着粪块立体的坡度，一块一块往上垒，无法顺上的地方，就用散落在地上的粪渣冰块往里塞。那些粪块，实在太沉重了，一堵挡风墙垒出大腿根那么高，需要上气不接下气地忙活一个晚上。

　　从外表看，我们只垒了一道土岗，可在心里边，那可是我们亲手缔造的家了。从外表看，土岗前边仍然还是粪场，可在心里边，却有炕有院有草垛，还有通向外边的街和道。这一应住家过日子必有的物体虽是用草棍画出来的，与隆冬的寒气融为了一体，但在心里边，却是有着家一样的温暖与火热。我们往往是三人一组，扮着爸爸妈妈和孩子。我们缔造了家园，却根本不守着家园，一经造好，就一家三口出去串亲戚。我们串了这家串那家，好像明知道家里的一草一物，是由心里设定的，是一种想象，谁也偷不走。那被串的人家，根本没有人，因为他们也串亲戚去了。我们的亲戚家本是只有咫尺之遥，可是，假装串亲戚的路，却要绕粪场走两三圈。因为真正的亲戚不是邻居，亲戚往往要隔着山隔着河，要走出东山岗。我们之所以在隆冬的粪场上串亲戚，就因为我们太想到东山岗外面的世界去看一看了，因而，我们在粪场上绕的两三圈，等于内心里的十万八千里。

　　我们走着走着，就来到了明晃晃的月宫里，我们看到嫦娥，看到了玉兔，看到了桂树，看到了桂树上的枝丫，我们看到了照耀在桂树枝丫上的不是月亮，而是太阳。

　　我们一旦看到照耀桂树枝丫的不是月亮，而是太阳，我们在粪场上千辛万苦缔造的那个家就被毁掉了，因为这时大人们已经上班，他们第二天来到粪场的第一件事，就是没好气地毁掉我们的家。

这一毁，我们可就真的成了愚公了，愚公是生命不止，挖山不息，我们是生命不息，造家不止。可是，我们并不像愚公那样有信心，我们往往造不上几个晚上，就气馁了。我们气馁，首要因为，总重复一个程序，有些心烦。比如我们的亲戚，总住在青堆子小镇、大孤山、安东这三个地方，我们心里装着的外面的世界实在是太少太少。另外一个原因，则是有一个晚上，我们之间，一个叫于桂花的伙伴在粪场上发现一枚硬币。那硬币嵌在粪土的断面，如大月亮下面的小月亮，闪烁着迷人的光辉。这个发现，简直如同在沙滩上发现金子，在桌上看到馅饼，一下子，就葬送了我们做愚公的命运。做不成愚公，我们一点都不沮丧，因为从此，我们变成了另一个人群，是故事里沙漠上的淘金者了。

月光下的粪场，多么神奇啊！它一下子变成了一座金矿，这可比夏天的神奇要殷实一百倍。夏天的神奇经不住细看，只是一个骗局，而此时的神奇，就是要你细看，要你偷了大人的手电筒认认真真去看，是一个有颜有色的存在。在这个存在里，你看到的不一定是钱币，有时是红色的塑料扎头绳，有时是绿色的衣扣，有时，又是一只淡粉色的发卡。然而，正是这不可预知的不一定，在我们面前展现了无与伦比的希望。我们从月亮出山找到月亮落山，从夜晚找改为了白天找，我们承受着被大人们打骂的压力，因为后来，我们不得不在大白天里，偷出母亲做饭用的锅铲。

我们翻着的，本是过去，是过去时光里遗失的物件，可这翻找本身，却让我们迎来了一个又一个崭新的日子，让我们送走冬天迎来春天，直到粪场上的粪块被大人们一车车拉到田野里，直到眼看着凝固的粪块一点点化成粪土，被大人们撒进一垄垄地里。

希望的消失，是随粪场的消失而消失的，是随粪的消失而消失的。然而，这消失是有代价的，它让我从此明白，大人们之所以要造山让自己来移，是因为人活着需要吃粮，而粮的根长在土里，土的根长在粪里，粪的根长在粪场里，粪场的根，则长在大人们的辛苦与劳作里。我明白了这样的道理，也就明白了，我的希望，看上去是消失了，其实它仍在我的身边，它包藏在不远的将来。用不多久，一辆辆马车便会从无道的田野返回，走向通向大道的东山岗，去小镇上拉回打造粪场的碱泥。

我明白了这样的道理，也就明白了，粪场在我心中的根，不是银河之水天上来，不是追逐蝴蝶不放松，更不是串烦了亲戚去淘金，而是周而复始地希望着！这周而复始，与年年的周而复始，挤前门开后门的周而复始，是截然不同的。它因为生长在粪场上，有着体积和高度。尤其，当某一年夏天，我站在堤坝边，轻轻一跷脚就可以看到往日看不到的粪场里边，无须再上阶梯去看。我知道，粪场的周而复始里伸给我的希望，不但有着体积和高度，还有着长度，它其实伸出了一段营养丰富的岁月，让我的身体和心灵一并成长。

前 街

在辽南乡下,街和道是最不容易区分的,在屯子里,有住家的地方,街就是道。而在离开住家的地方,道只是道,却不是街。由此可见,街是与房子、院子、草垛、院墙分不开的,有住家的门口那条道,一旦伸到家门口,便不叫道,而只能叫街。比如,你可以告诉你的伙伴,我就在你家街门口,却不可以说,我就在你家道门口。

所谓前街,是相对后街而言,来自东山岗那样一个权威的视角,是许多人家的街门口,是许多人家街门口的相连之处,会合之处。它的西边,通着一个叫作下河口的村庄。它的东边,通着生产队,通着东山岗,通着所有上山送粪的马车道,所以,前街实际上是街和道的综合,是街和道的重复与相加。

在我童年的印象里,山咀子的前街是一条最具规模的街了,它的规模,不是指面积,不是指人口,是指街的宽度,而是指街上人家院子的整齐程度,草垛、院墙的规矩程度。也就是说,是指这条街上人家过日子的气象。而前街之所以在我童年的眼睛里最有过日子气象,重要的原因恐怕在于,这里住着我的二娘和四婶。

二娘和四婶家，分别毗邻着两幢深宅大院，一个叫王家大院，一个叫于家大院。这两座大院，都是大地主周志官留下的，一律有着前庭与后房，东厢和西厢。前庭和后房之间，还有一个宽敞的门廊，乡下人叫门过子。门廊间，高耸两扇威严的木门，木门旁，有着巨大的狮子头锁环。这两座大院其实很像北京故宫的缩影，这是我长大之后才知道的事；这两座大院曾严格地呈示着宗族意识、权力意识在家庭中的威力，这也是我长大后才知道的事。它们带给我少年时期最清晰的感受，是他们因为旁边有了二娘和四婶的居住而显得十分气派。也就是说，如果说，山咀子气派的根源在前街里，那么前街气派的根源便在两幢大院里，两幢大院气派的根源便在二娘和四婶的家里。

我们孙家祖籍山东登州府，嘉庆年间迁居这里，爷爷的高祖靠卖高粱米发家，曾是辽南乡村有名的富豪，到爷爷的父亲这辈儿，兄弟四个一齐抽大烟，败亡了家业，从此沦为农民。爷爷奶奶从小镇北的唐屯搬到山咀子，已是土改时期，他们在于家大院租了西厢的六间房子。后来，人口增长，奶奶率父亲、叔叔到生产队东边盖了新房，分了家；再后来，二娘家人口增长，四婶从沈阳返回乡下，在母亲的西屋住不下，和二娘一起到前街买了房子。我是说，奶奶因为人口增长，将孙家从前街搬出去，二娘和四婶又因为人口增长，将孙家下一辈的一部分从外边搬回前街，风霜雪雨几度轮回，人间的沧桑，尽在短短的街与道之中了。

感到四婶和二娘家在前街日子的气派，已是我上小学的时候了。实际上，那时候，二娘家因为孩子多，三个女孩五个男孩，个个都体壮能吃，二娘又不会计算着过日子，日子没法跟我家比，一到春天就断了粮食，挨家挨户借粮。四婶家孩子倒没二娘家多，只五个，但因为从城市折腾回来，家底已被折腾空了，又有三个孩子正在念书，日子也是相当拮据。可是不知为什么，在我眼里，二娘家和四婶家要比我家好上一百倍，它们简直如同两颗灿烂的明珠，镶嵌在前街的街道上，闪烁在错落的草垛边。

二娘家和四婶家的灿烂，当然不只是从草垛、院墙体现的，而是从门窗的玻璃上，箱子柜子的木纹上，炕上被单的颜色上。二娘家和四婶家的窗玻璃，永远是明光锃亮，不沾一点灰尘；她们的炕上，永远铺着白色床单，即使旧了，也是娇滴滴的；她们柜子和箱子的木纹上，永远反着光亮，能够照见人影。

二娘和四婶家的灿烂，在我眼里，远不仅是这些，或者不仅仅是这些。它很小，它隔在了这一切的里边，浮在了这一切的上边，如树上的花朵，却只有一朵，是一个点。这一个点，在二娘家，是二娘坐在炕上看报纸的姿态，在四婶家，则是被她从前衣襟掏进掏出的手绢了。我在一篇叫作《舞者》的小说里写过，因二娘四婶都是小镇女子，有着良好的修养和习惯，不像母亲一天到晚只知干活。我常常回家逼母亲也看报纸也揣手绢，遭到母亲谩骂，这是虚构；二娘和四婶都是小镇女子是真的，有着极其良好的修养和习惯也是真的。不但如此，二娘还读过四年书，是小镇上有名的大家闺秀。我却从没让我的母亲也学她们。事情的真相，是我在心里暗学她们。我因此而不厌其烦地进出二娘四婶家。上四婶家的理由，是找二堂姐上学。二姐比我大两岁，我读一年级时，她读二年级。上二娘家的理由跟上学无关，二娘家与我同龄的都是哥哥，他们不理女生。但上二娘家的理由比上四婶家更充足，是陪奶奶。在我七八岁的时候，奶奶最爱串的人家是二娘家，她动辄就从我家房后屋檐小的小道走出来，越过粪场，来到二娘家。二娘四婶都是她的儿媳，奶奶为什么愿上二娘家而不是四婶家，这似乎是个谜，这是当时的我无法揭开的迷。我上学时，上四婶家看四婶衣襟里洁白的手绢；陪奶奶时，上二娘家看二娘坐在铺着床单的炕头看报纸。四婶的手绢经她手的牵扯，仿佛一只灵动的小鸟；二娘端坐在炕当央看报纸的样子，如同年画上正在读书的林黛玉。二娘家和四婶家，虽在一条街，中间却隔着一个于家大院，两庭三间的正房，有着相当的距离。可是她们在我眼里比着赛的样子，却犹如两个头戴鲜花站在一起的女子，我，则是在两朵鲜花间纷飞的蝴蝶了。

  我在二娘和四婶家乱串的日子里，真的就像一只贪婪的蝴蝶，而不是蜜蜂。因为我串的目的不是为了酿蜜，而是为了采蜜。我采的蜜不是物质，而是精神。这精神因为借了二娘四婶的动作、形态，使之又有了物质的、生动的面貌。我是说，在二娘和四婶家串过几次之后，我也学着看起了报纸，揣起了手绢。我的报纸，是那种又肥又大的老苍叶子；我的炕，是那种又平又暄的青草地。我的手绢，是从母亲布包里偷出的一块白布角。我之所以不把书本之类当成报纸，而用老苍的叶子，是我认为报纸上密密麻麻的小字，正如同老苍叶子密密麻麻的纹路，它们共同的特点是神奇而无限，不像课本那样一望可知。那块白布可是不太理想，它怎么洗，都达不到四婶的手绢那种白，那种近乎透明的白。但这不要紧，这反而让我萌生了一个理想，一个远大的理想——有一天，一定要做小镇上的女人。

  那时，我私下以为，我的手绢之所以不及四婶的白，都因为我不是小镇女人的缘故。

由此可见，镶嵌在前街上的两颗明珠，闪烁在我少儿时代心里的光芒，是精神的光芒。它由手绢和报纸这样的物质，变成了理想这样伟大的精神，成全了物质变精神这样一个真理。可是不久，这光芒的四周，罩上了乌云。这乌云的笼罩，不是飘，不是渐聚，而是说时迟那时快的骤变，它是骤然之间变明亮于黑暗的。

那是1972年冬天，是我最崇拜的伟大领袖毛主席发动的那场"文化大革命"的后期。那场大革命差一点"革"掉了二大、父亲、四叔和五叔的命，可是殃及亲人的祸难并没影响我对一个人的崇拜，这是一件十分奇怪的事。那片笼罩我精神光芒的乌云，同样也是毛主席释放的。那片被毛主席释放出的乌云，不在天空，而在地面，不在乡下，而在城里，是我的五叔。我的五叔已经十几年没有回家了，与我的奶奶也七八年没有见面了。前边说过，我的五叔因在沈阳读书期间，与一直关押在抚顺监狱的国民党战犯舅舅通信，被打成现行反革命，而当时帮五叔照看孩子的奶奶，是在五叔蹲牛棚时，被迫离开哈尔滨回到乡下的。经历了悲惨分离的母与子，共同经历和承受了风雨苦难的亲人们的这一次相见，该是怎样的一次相见啊！在那样一种情况下还乡的五叔，哪里是什么乌云，简直就是一颗光芒四射的大太阳！

我永远不能忘记那个激动人心的时刻，五叔是被哥哥们簇拥着从小镇上接回来的。当我和侄子们在东山岗上看到黑压压的人群，我觉得整个山咀子都沸腾了。在东山岗下来的道两边，确实站了很多乡亲们。五叔是50年代辽南第一个考进鲁迅美术学院的乡下孩子，五叔现场雕塑的人体石膏像，震动了在场所有考官，最后被破格现场录取的故事，十里八村几乎无人不晓。一个泥土里成长起来的才子，在城里饱受了"运动"的磨难，谁不想看看他究竟什么样子？他还好吗？

好，实在是太好了。五叔给我的第一印象，一点也不像遭受过苦难，五叔穿一套米色中山装，腰杆笔直，五叔的衣领是站立的，如同头发的站立，唯一见出与照片不同的是，五叔的额头有了几道深纹，发丝间映着几缕花白，然而这一切，在我眼里，反而透出了一个知识分子的风度。记得，奶奶一直就坐在炕头上，表情异常平静，好像她要见的，是前街的二大和四叔。可是，当五叔进了院子，进了屋门，与奶奶面对了面，抱住了奶奶，却不一样了，奶奶一下子就哭了起来。奶奶的哭当然因为五叔的哭，五叔的嗓音是沙哑的，五叔一声不罢一声地叫着妈，妈。五叔是奶奶七个孩子当中最小的一个，也是奶奶最宠爱的一个。五叔那充满孩子气的叫声充分显示了这一点。

没有任何人会预见后来发生的一切，那些个亲人相聚的夜晚，洋溢在孙家每个人心头的，只有喜悦和骄傲。白天，母亲带领嫂子们忙活在灶坑里，杀猪宰鸭炸油糕；晚上，则一家人围着五叔，听他讲在牛棚里的遭遇，讲我们在乡下永远也听不到的有关城市、国家的事情。这时节，夜是静止的，不动的；动的，只有每个人脸上的眼睛。它们不住地眨巴着，闪烁着，它们一直冲着五叔。看上去，是为了那些悲伤的故事，而听着听着，目光中就传达出喜悦，传达出骄傲了。因为不管那故事多么让人难过，最后都是五叔胜利了，五叔出了牛棚，五叔探亲回了家，而五叔在讲话时流露的知识、学识、见识，是乡下人一辈子都学不来的。

就这么的，先是我们家，再是二娘家，然后再是四婶家。五叔被一家一家请着，名义上，是他的哥嫂请他去吃饭，而实际上，是他将骄傲带给大家。他每走一家，都带着奶奶，只有奶奶，才有资格无数次领略由画家儿子、知识分子儿子带回来的骄傲。五叔挽着奶奶，经过前门，院墙边，绕到粪场，然后走上前街，走向二娘家或四婶家。五叔一天一套衣服，也让奶奶一天一套衣服。这时节，奶奶只要见了人，就跟人讲城市，讲哈尔滨。城市，曾是奶奶的伤心之地，但现在不同了，它因画家儿子的解放而变成了骄傲，变成了见识。

　　是因五叔的骄傲而骄傲，从而唤起了奶奶做婆婆时的尊严，对比出五叔不在身边时的落寞，升腾了那块乌云吗？是五叔因奶奶的骄傲而骄傲，从而再一次重温了奶奶高贵的出身，对比出奶奶是多么的与众不同，升腾了那块乌云吗？不得而知。反正，它升腾了，升腾在前街，拂动在前街通往生产队的土道上，当它进了我的家门，上了父母奶奶共同住了十几年的土炕，一个事实，一个具有爆炸性质的事实，一瞬间击中了家中每一个人。那乌云行将落地时变成了声音，那声音是五叔发出的。五叔将我的父母哥嫂都叫到一个屋里，五叔指着奶奶，跟大家说，你奶奶，是见过世面的人，你奶奶她有文化！大家都愣住了，面面相觑。我们的奶奶是孤山镇上基督教徒的女儿，念过国高，我们的奶奶还有一个会七国语言的弟弟，这一点，我们很小就知道，无须叔叔强调。可是，五叔不但要强调，五叔的表情还是凛然的，像冻在窗玻璃上的霜花，散发着非同一般的冷峻。五叔说，你奶奶识文断字，知书达理，你奶奶为我们孙家打过天下，不是一般的家妇，怎么能被一个没文化的家妇下眼看？

屋子里的空气在凝结，很快，凝成冰凌，悬在母亲面前。因为当五叔说出没有文化的家妇，大家都把目光投向了母亲。我不懂五叔是什么意思，但我知道五叔话里的意思是有关奶奶和母亲的。

终于，大哥听懂了，大哥站起来，表情由疑惑转为镇定。大哥说，五叔，有什么话明说，我妈对奶奶到底怎么啦？这时，只见我的母亲嘴角哆嗦，泪在眼里打转。五叔说，问你妈，早上给你奶奶端的鸡蛋水是不是凉的？问你妈，有没有哪个时候你奶奶跟她说话爱搭不理？

五叔的质问刚刚落地，大哥火了。大哥手往桌子上一拍，啪的一声，说，五叔，你要是这么挑我妈毛病，请把奶奶领走。这时，二哥也站起来，二哥说，五叔，你是不是听了什么？在外的人，回家一站一落，不知乡下日子一年三百六十五天的滋味，要是我妈还不好，你爱找谁就找谁吧。

如果说，当时我第一崇拜的人是毛主席，第二崇拜的，就是五叔了，我的两个哥哥顶了我的五叔，一种从未有过的恐怖突然袭向我。很快，不祥就发生了，我的五叔嗷的一声，欲掀开房盖似的，大声叫道，走，我们走，明天就走——

那个大喜之后生出大悲的晚上是怎么一秒一秒度过去的，我已经忘了，能记住的是，我的五叔雷厉风行，第二天一早，就领着奶奶走了，去了前街二娘家。奶奶的行李、衣物、皮箱，是二娘家的哥哥用马车来拉走的，五叔在离开我家时，冲着我的母亲，说了一句话，他说：三嫂，不是只有你能侍候妈，二嫂也能，二嫂有文化。

事实上，五叔不用说这句话，他只要将奶奶领走，对母亲就构成了致命伤害。可是，有谁能够说清，两个哥哥对五叔的顶撞，不是对从大城市回来的知识分子的致命伤害？又有谁能说清，五叔对母亲的挑剔，不是对无法帮母亲在院子里忙活的哥哥们的致命伤害？然而，谁都不知道，五叔的话，对我的伤害，有多么致命。它的致命，在于它说出了一个事实，一个我一直不愿接受的事实——二娘比母亲有文化。它的致命，还在于我一旦接受了这样的事实，便觉得是我在伤害母亲，我成了五叔的帮凶，这可太致命了。

五叔将奶奶领到二娘家不久，就离开乡下返回哈尔滨了。五叔走时，连我们家的门都没有登，足见有文化的人对没有文化的人是多么不屑。知道五叔走，已经是第二天的事了，我悄悄溜出前门后，疯了似的跑到东山岗，好像我能撵上五叔。望着山岗东边通向八里庄光光的土道，我止不住大哭了起来。五叔抛弃了我们，五叔不光抛弃了我们，还将孙家的所有光彩都剥离了我们，剩下的，只有不光彩……

这是我少年时期具有里程碑意义的哭泣，是这一次哭过之后，我被大人们说成长大了——我开始了沉默。

有文化的五叔将有文化的奶奶领到了有文化的二娘家，却并没使二娘家在我眼中的光彩更加夺目，因为别人有理由抛弃母亲，小看母亲，我没有理由！我承认了母亲没文化，这已经深深伤害了她，我不能再加深这种伤害。而不加深伤害的唯一办法，便是再也不上二娘家看她坐在炕上看报纸了。不但如此，且在又一年夏天到来，老苍长出把掌大的叶子时，我只要看到，就毫不留情地将它们撅断毁坏。为了撅断驻扎心中的对母亲的伤害，我甚至扔掉了揣在衣兜里不怎么白的布片，四婶也不学了。我干脆就再也不上前街了,即使不得不到二娘家给奶奶送点饺子之类,也绝不抬头张望。

显然,我这么做,并不能减轻母亲的痛苦,我减轻的,是自己的痛苦,是企图用行动来回避一种现实对自己的伤害。在有文化的五叔把有文化的奶奶领到有文化的二娘家的日子,母亲仿佛陷入沼泽的马驹一样陷入了灾难。不能有谁在她面前提起奶奶,一提奶奶她就泪流满面。她十几天爬不起炕,每天晚上,都要大嫂在她的背上拔火罐子,她的后背,轻轻一刮,就乌紫乌紫。母亲原本就不出院门,大病一场之后,更加封闭起来,她说她不想见人,她说把婆婆侍候走了,人们会怎样笑话她。在只有我在院子里与母亲朝夕相伴的时候,母亲常常会自言自语地跟我说,芬子,你也念了书,有了文化。你说,妈偶尔一半回忙活外面的活,凉了鸡蛋水,偶尔一半回,奔着什么事儿,没有工夫和你奶奶说话,这能算不孝敬你奶奶?母亲说,妈知道妈忙的事儿都不是什么大事儿,什么鸡呀、鸭呀、猪呀,可这就是日子,有文化的人应该懂得什么叫日子!日子,自有自己的过法,你二娘天天看报纸,能当日子过吗?我就看着……母亲的话不需要回答,是痛苦的排解,是陷入了困惑。母亲的话事实上包含了回答,只是那回答留在了时间的后面,需要走出一段岁月。母亲在说完那样的话之后,总忘不了跟一句:芬子,好好念书,千万别像你妈,有理说不出。人有了文化,没有理也能抓着理……

这是十二岁那年,母亲对我的教育。她让我好好念书学文化,只是为了没有理时讲出理来,母亲不理解文化和生活的关系,但她充分肯定了文化的作用。可是,我一点没有因为母亲的肯定,再让二娘家和四婶家在我的眼睛里放出光彩来,原因很简单,它伤害了母亲。那从二娘看报纸的姿态上,四婶衣兜里的手绢上生出的光芒,一旦与五叔从我家领走奶奶的事件连到一起,便生成了更加强大的力量,压迫着、危害着我瘦小的母亲的同时,也压迫着、危害着我弱小的心灵。

放射在前街上的光芒没有了,两年之后,它却以另外一种方式放射了出来。它放射出来,不是光芒,而是声音,是那种喊天天不应,叫地地无门的绝望的号哭的声音。它从前街菜地南边的墙外飘出,直飘到我家的院子里。当时,正是黄昏,父亲从外边下班刚进家门,就听见了那哭声。父亲失明,却有着超凡的听力。那声号哭刚刚撞击父亲耳膜,父亲就知道发生了什么。他于是放下小车,蓦地转身,摸索着走出前门,走出墙边土道,踉踉跄跄朝声音的发出处走去。父亲因为太急,在菜地头的水沟边,一不小心跌了一跤。当父亲爬起,终于来到南墙外,号哭声已经嘶哑成细弱的颤音。父亲弓下腰,一下子就抱起了奶奶,一声迭着一声地说,妈,好啦。别哭,咱回家。妈,别哭,咱回家。

奶奶的家,本已被五叔移植到前街二娘家,可是父亲一说回家,奶奶便不哭了,奶奶爬起来,毫不犹豫就跟父亲回了生产队边上的家。可见父亲从没把二娘家当成奶奶的家,奶奶更是如此。奶奶与母亲是在堂屋里相见的,就如两年前五叔和奶奶在炕头上的相见,她们抱头痛哭。她们哭着,什么都不说,她们什么都不说,却仿佛说了很多。她们哭一会儿,停下来,抹着眼睛,对看一会儿,又都笑了。那个晚上,大哥上二娘家把奶奶的被拿了回来。母亲亲自给奶奶焐了被,帮奶奶一件一件脱了衣服,给奶奶掖好被角,她们好像失散多年的母女终于又找回了对方。奶奶躺下来,痴痴地盯着母亲,盯着盯着,说出了一句在母亲听来，在我听来，一句顶一万句的话，奶奶说，还是你好！

这句话，多让我和母亲感动啊。我相信，我的感动，一定远远超出了母亲的感动，因为在我这里。不光意味着母亲在山咀子的声誉得到平反，而在于，二娘是一个有文化的人，一个有文化的人没有没文化的人好，这是否意味着没有文化的人比有文化的人还有文化呢？是否意味着，母亲虽然没有文化，却能造出文化的气息，安放奶奶有文化的灵魂呢？如母亲说的那样，日子，自有自己的法则，看报纸不当日子过。

奶奶从二娘家回来了，奶奶在给母亲的声誉彻底平反的同时，也对二娘开始了由表及里、由宏观到微观的控诉。宏观上，奶奶说，不行，就是不行！微观上，奶奶则进入了细节。奶奶说，看报纸儿倒是好事儿，可不能看得连个鸡鸭都懒得养，来人待客连个蛋都端不上；奶奶说，过日子大方是好事，可是不能大方到不计划，杀了年猪天天饺子包子，过了年活一累，菜连点油水都没有；奶奶说，你嫌侍候我麻烦不要紧，不能连一句话都不说，不能像个哑巴，要不是在早我一去串门就跟我讲报纸上的事儿，我哪能听老五的话。

奶奶对二娘的控诉，反衬着母亲的会过、勤劳、宽容，也表达着人不能完美的遗憾。然而，正是奶奶有关二娘的控诉，让我在后来的日子里，比一般孩子更早地开始了有关知识、文化这些词的思考。我似乎明白，知识，绝不等于文化，相反，不识字，绝不等于没有文化。母亲没有知识，但她懂得如何感受亲人们的感受，如何因感受了亲人的感受而去营造日子的氛围，如何在营造日子的氛围中学会理解、宽容和忍耐，又如何因营造、创造了日子的氛围而获得心灵的安详、安宁。所谓文化，其实最重要的一点,是将个人的感受融入更多人的生活中,是一种积极向上的人生态度,是对生活、对日子最本质的理解和参悟。那时,我尚不懂人生这个词,在我那里,最能体现日常形态的词便是母亲常挂在嘴上的日子。

奶奶对二娘的控诉,还使我懂得,知识,如果不能变成对日常生活、周边生命的理解、尊重和了解,便如同煤渣进到猪的胃里不能长成肥肉,成为一家人一年的油水,是对知识深深的伤害。知识伤害了二娘,知识使她不能向现实就范。可是,我也在想,难道二娘不是一个特殊的生命,不需要身边人的理解、了解和宽容?

奶奶最后的话还让我懂得,五叔如果能够设身处地理解乡村日子的本质,尊重母亲的生命,理解奶奶向他诉说几句母亲的不周,只为倾诉,并非真正的挑剔。了解二娘这样一个知识女性,从小镇嫁到乡下已经承受了命运的不公,不应让她再去付出,就不会导致对母亲的伤害,对奶奶的伤害,对二娘的伤害,不会导致大哥二哥对五叔的伤害。可是,我又想,一个在城里被囚禁多年压抑多年的灵魂,突然地被解放,被解救,怎么能不彻底地舞蹈一次?

多年之后,叔叔再一次回到乡下,再一次被哥哥们簇拥着回到家中,面对这些被他伤害也伤害过他的面孔,不无悔恨地说,我这人最致命的缺点,是不懂生活,认为生活就是反抗,认为有文化就应该反抗,我错了。五叔的话,让我热泪盈眶。

多年之后,五叔告诉我,其实那一天他根本没想反抗,他也理解我的母亲不容易,就因为他们回家时,我的母亲在猪圈喂猪,没和他说话,要是说了,或者没遇到母亲,都不能发生后来的事。五叔话，让我知道，即使有了宽容和理解，也还有冥冥之中命运的操纵。

前街的光芒消失了，但从此，我知道，真正的知识，在生活里，真正的文化，在对生活的理解里。

这是由二娘读报纸所生成的精神变成的又一种物质！

场　院

所谓场院，即打粮用的院子，是堆积、屯放粮食的地方。到了秋天，山野里的谷子、糜子、稗子、高粱、大豆、苞米、花生、水稻相继成熟，大人们把它们收回来，先要将它们送到场院。因为所有的粮食，都要做二度加工，比如苞米需要扒去外面的叶子，谷子、糜子需要脱离穗子。它们襁褓中的孩儿似的，一层层剥离身上的束缚，露出光洁的肌肤，然后物以类聚，在那里等待大人们的估量，等待大人们将它们分散到各家各户。

在我童年的印象里，场院一直都是秋天的产物，只要秋风刮起，野地里庄稼的叶子一天天由绿变黄，由黄变得枯瘦憔悴，大人们就要选好一块地钻进去。这块地，一定是离村子很近的地，相对来说，是屯子的中心，类似粪场，但绝不是洼处，洼处是要有积水的，也绝不是干处，太干的泥土又无法压实。大人们选好这块地，就率先钻到地里，砍了地里的庄稼，拨了庄稼的根子，将庄稼的秸子、根子和地里的草一同捡净，用犁翻开，再套五六匹大马，拉上石磙，在上面一圈一圈磙压，直到压成石板一样坚实光滑的平面。

所有的庄稼都站着的时候，场院这块地的庄稼倒下了，所有地垄都还赤裸伸展着的时候，场院这块地的地垄被压平了。站着的庄稼，总有被砍倒的时候，但并不是所有地垄都要被压平，所以，被压迫，是场院这块地的宿命。书本里说，哪里有压迫，哪里就有反抗。可是场院被压迫，却并不反抗，大马拉着石磙在地面上跑动时，是有一些吱吱呦呦的声音，但那声音不是场院发出的，而是石磙发出的，是石磙压迫场院发出的。那声音不是反抗，而是欢呼，是歌唱，如同一个胜利者的欢呼和歌唱。

对于一块土地遭受石磙压迫的同情，在我童年的心灵里，从来都不是真实的。它没有进入我的内心，它只是偶一闪念，是一种思想，而不是情感。在我的情感里，只要听到大马拉着石磙在那块被确定为场院的土地上吱吱呦呦地歌唱，我的心就激荡开来，澎湃开来。这激荡、澎湃，与听到哨声后的激荡、澎湃完全不同。听到哨声，我的心是像水和火，一荡一荡，一窜一窜，让你忍不住想往外跑。而听到石磙声，我的心则是往下沉，吃了定心丸一样。它沉在肺腑里，犹如一块石头沉进湖泊，泛出一圈圈涟漪之后，让你老老实实地享受它的溢漫，它的汪洋。

听到石磙在场院上吱吱呦呦地歌唱时，我的激荡是沉浸的激荡，我的澎湃是不能唤起行动的澎湃。我常常是痴痴地站在前门口，痴痴地向场院的方向张望、倾听。童年里的场院，就在我家门前，那是一块相对平整的土地，不高也不洼，离屯街很近。我张望，其实什么也望不着，因为从门前到场院，还隔着一块地。而这时节，地里的庄稼往往还没收割。想一目了然，也非常简单，只要猫下腰，顺地垄穿过茂茂密密的庄稼就可以了。可是我绝不穿过地垄，绝不要一目了然，似乎越是这样，溢漫心底的快乐越要长久。

我虽然什么也没看见，却仿佛什么都看见了，这是倾听的结果。倾听告诉我，有一个大人正站在场院中间，手里牵着一根缰绳，引着几匹马拉着一串石磙，以他为轴心一圈圈打转。

这场面是实实在在的，是一年一年永不改变的，可是因为是倾听，不是眼见之实，就可以在我的心里汪洋成一片浩瀚海域。我看到的，就不只是几匹马，而是无数匹马，就不只是一串石磙，而是无数串石磙，马与石磙中间，也不只是一个人，而是无数个人。无数个人手中的无数根缰绳在不停转动，便是无数颗太阳的光芒在闪动，于是，痴痴地站在门口的我，望着望着，就眩晕起来，就不知道自己是谁、姓什么了。

然而，隔着庄稼的张望并不能长久，常常是十天不到，横亘在我家门前和场院之间的庄稼就被割倒，一个由泥土压成的光洁而平滑的场院一霎间尽收眼底，一目了然。到了这时候，即使一目了然，也没什么关系，因为只要一张幕布拉开，一个屏障推倒，场院上上演的戏剧便就要开始了。场院上的戏剧一经开始，痴痴地张望便不再有任何意义了。其实那张望不过是等待戏剧上演的一个前奏，如同看露天电影时加演在前边的幻灯片。其等待的耐心，沉浸的沉着，皆因了后边的戏剧。那看上去平静的等待，其实包裹了最大的不平静，也都是因为心底太不平静，才现出了又一种平静，如同一根被左右夹住的柱子反而会牢固。

看到了光洁而平滑的场院，也就看见了立下汗马功劳的石磙。场院落成，人和马解散，石磙便被解散在场院的边上。这时，我会沿着地边小道，一点点向石磙靠近。我靠近它们，端详它们，对它们的感激之情油然而生。它们的身体在宏观上是滚圆的，微观上，又有一道道隆起的石骨；它们的心是空的，中间通着一只木轴。可正因为有了空心上的木轴，才使它们的心连着马的心，连着人的心，才使它们压迫地面时，有着无限乐观的感觉。因为在痴望中，已经蓄满了对石碾的感激之情，来到石碾面前的时光，便是对十几只石碾的依次抚摸与崇拜了。

童年里的场院，原本是秋天给予的，是大人们在秋天里生成的意志，我却把它看成是石碾给予的，是石碾的意志。应该承认，石碾，曾是我童年里最最崇拜的物体之一。它看上去是空心，在我眼里，却是最最有心的物体。它连着的，不光是人的心，还是人的精神，如同二娘看报纸的姿态连着的一种精神。

石碾连着的精神，无非是对由场院这个舞台上演的收获这出戏的向往。我由对收获季节的向往，导致了对场院的向往，又由对场院的向往，导致了对石碾的崇拜。由此可见，收获，对于我这样一个乡下孩子，是一个多么重要的时刻啊。它首先是大人们的重要时刻，然后才是我的重要时刻，它像太阳和月亮，照亮了大人们一个又一个劳苦的白昼，它因为照亮了大人们的生活而最终影响了我的童年。

那个由场院这个舞台上演的戏剧，最先登台的演员，也是最重要的演员，不是人，而是粮食，而是粮食中的苞米。收获，意味着将田里所有粮食都收回来。可是不知为什么，在我童年印象里，那所有的粮食中，苞米，是最有魅力的角色。大人们一个个把它们从大田里掰下来，再一车车运回到场院，需要十几天的时光。它一经闪亮登场就滔滔不绝源源不断。它从车上往场院哗啦啦流淌的声音，要在整个屯街回荡，经久不息。苞米流淌到场院，形成的不是河，而是山，是山脉，是高低不平连绵起伏的山脉。苞米们在苞米秸上独自站立时，也许闪耀过风光过，可是它们一经来到场院，就完全是听天由命随遇而安了。它们你挤我挤你，它们不计谁在上边谁在下边，它们即使从上面滚下来也满面笑容——在我眼里，那从车上滚动下来被扯碎了叶子的苞米棒，个个都是笑容可掬，仿佛能来到场院这样的地方，已十分的知足，仿佛它们深知这么成千上万地滚到一起，是它们最大的展耀最大的风光。苞米棒子们在场院流淌成蜿蜒的山脉时，是怎样地映亮了我的眼睛啊，它们在我眼里简直就是一条巨龙，背上鳞闪着波光，威武而凛然。

一只由苞米棒堆成的巨龙一旦坦然而卧，苞米棒便不再是演员，而是演员手中的道具了，如同小镇舞龙队舞在手中的道具。挥舞它们的演员，自然是屯子里所有的女人们。田里的苞米都收进了场院，女人们便一手拿着蒲团，一手拿着穿锥，走出家门，来到场院的苞米堆旁。

扒苞米，这是像我母亲这样的家庭妇女们一年一度最最隆重的聚会了。扒一筐苞米，能挣二厘或三厘工分，没有任何家庭妇女会放弃这挣工分的机会。然而女人们一旦走出家门，挣不挣工分，就不再是她们关心的事情了。她们要把自己打扮得干干净净花枝招展，她们要把头发梳得一丝不乱。我曾亲眼见过母亲为这一天的到来精心准备的情景，母亲提前把压在柜子里的衣服找出来，母亲提前晒了水洗了头，母亲还翻出包袱里一直不舍得用的簪网。母亲做着准备时的样子，好像那不是在灰尘与苞米漫天飞舞的日光下劳动，而是一次串亲，一次汇演。那时，我还不能懂得这劳动对于母亲这样很少走出家门的女人的意义；也不知道，我对收获季节的盼望里，其实是揉进了母亲对扒苞米日子的盼望的。我只知道，在扒苞米的日子里，场院是母亲们真正的舞台，一旦有人在大街上传达，明天扒苞米啦。她们就在第二天一大早，天还没亮，就踏着晨露粉墨登场。墨，倒是没有用过，粉，还是要扑一些的，是那种叫着玉兰的香粉。她们围坐在苞米堆四周，谁也看不到谁，因为前方是实实惠惠的苞米堆，她们的两侧，挨着的女人倒是能够彼此看到，可是当太阳升起，日光清晰了她们之间的距离，苞米叶子上的灰尘和苞米绒早已落满了她们的肩膀、头发和腿。所以，场院给母亲们提供的舞台，事实上只是一个心里的舞台。我是说，母亲们的观众，除了她们对面的苞米棒子，就是她们心里边的自己了。

　　母亲的观众只是她们心目中的自己。不过，这丝毫不会影响母亲们去场院的热情。她们永远是天不亮就起炕，永远是认真地梳洗打扮。当然，母亲们不会知道，对于她们，还有一个十分重要的观众，那便是我。我总是一大早，就跟母亲来到场院。把母亲扒下的苞米叶子一趟一趟抱出去，是我进出场院的理由，而观看母亲们挥舞金黄的苞米穗子则是我的目的。清早的苞米叶子，带着湿淋淋的露水，触到手上、脸上、凉丝丝的，到了半晌，露水化掉，苞米叶子就干爽起来。观看母亲们，就是在苞米叶子干爽之后开始的。我在暄腾腾的苞米叶子上翻够了跟头，便站在叶子中央，朝母亲们看去。我的耳畔，是被我挤压的苞米叶子重新舒展开来的簌簌声，我的眼前，就是席地而坐的母亲们。她们依次排开围坐，她们围坐的样子，仿佛镶嵌在巨龙身边的珠子。她们的身影映在苍黄色的苞米堆上，她们的双手，不断地向巨龙发起进攻，使巨龙不断地改变形状，一会儿是数十个窟窿，一会儿又整齐划一。

巨龙，自然是要一点点一天天瘦下去，由巨龙变成瘦龙，而随着母亲眼前那条龙的瘦下去，母亲身后的龙却长了出来。母亲身后的龙一旦长出来，便不再是一条，而是无数条，便不再是苍黄，而是金黄——当脱了叶子的苞米金灿灿地透迤在母亲们身后，场院便成了一朵正在开放的菊花。

作为观众，我看到的不是母亲们的穿着和表情，而是她们由身前向身后挥舞的金灿灿的苞米穗子，这对母亲们，是多么不公啊！然而，对母亲更大的不公还在于，随着她们眼前巨龙的越来越小，渐渐的，必将有一些人被挤出这个舞台，也就是说，还不等她们一点点清晰地看到扒苞米的大家，就不得不告别场院了。为了晚一天告别场院，她们要一天比一天起得早，她们为了抢上一日日缩小的地盘，不得不省掉梳洗的时间，于是，那些到最后还能抢到地盘的女人，即使终于有机会面对了面，眼对了眼，也早已是蓬头垢面、面目全非了。

母亲的舞台其实是一个虚妄的舞台，是一个骗局，这实在让我难过。作为母亲们的观众，我是希望她们快乐的，可是她们在走进场院时是快乐的，而在离开时，却并不快乐。她们的不快乐，还不光因为离开，而是在离开时，总要偷偷往兜里揣一些苞米粒。也许，她们是因为没有得到预期的快乐，才要用物质找回补偿，可是，这反而使她们的不快达到极致。因为她们往往要被看场院的人喊住，要在众目睽睽之下把兜里的苞米翻出来。在这样的时刻，我的难过会随她们暗淡的目光溜进她们被掏空的兜里，变成一兜沉甸甸的苞米粒。

不过，我的难过是多余的，用不了几天，当场院的苞米过了秤，要一家一户分下去，母亲们以主人身份再度走进场院，就完全是另外一番光景了。这时节,她们走到场院门口,往往要故意站那么一会儿,手故意插进兜里,似在说,怎么,还要翻兜不成?她们看上去十分的理直气壮,好像那衣兜里曾经翻出的,不是苞米粒,而是泥土。看场院的,也并不介意对方的故意,或者,故意忽视对方的故意,总是抿嘴一笑,好像那衣兜里曾经翻出的,不是苞米粒,而是友谊的须芽。

事实证明,只要收获着,只要有收获在继续着,场院上的悲剧总是不难化作喜剧的,扒苞米时结下的仇怨,分苞米时就解了,捋豆子时结下的仇怨,分豆子时就解了。我就亲眼看见,昔日为一只鸭子和三哥动过家什的街西王二婶,主动上来和母亲搭话。人们一遍遍从场院走回家里,又一遍遍从家里来到场院,来时,空手空车,回时,满车满怀。人们来场院,为的本是自家的粮仓,可是在我眼里,却是为了将仇怨化解;人们来场院,为的本是一年三百六十五天最殷实的得到,在我眼里,却是为了一口瞬间积下的怨怒之气的散去。

然而,有一种东西,却是无论如何都无法化解、散去的,它不但不能被收获化解,收获,反而加剧了它的积淤。它在以往漫长的日子里,也许只是一股气儿,如同母亲们被翻兜积下的气儿,而到了秋后的场院,便不再是气儿了,而是一个落地有声的事实了。

这样的事实,注定要发生在场院,它发生时,注定要在分粮的时刻。它先是被老队长挂在嘴上,老队长往往把着磅秤的秤砣,一边冲会计说,查准了,到底几个人?一边冲身边人群喊,想好啦,可是真分了,别分完了再后悔。之后,就见王德林和他的女人儿子从人群里走出来,异口同声道,分,没什么可后悔的。

在我的童年，乡亲们分家都是从场院分粮时开始的，不管婆婆和儿媳之间的矛盾起在春天还是夏天，都要等到分粮这一天。这一天，一年的口粮都要按人从头分配，免除了分到仓里再开仓破柜的麻烦；这一天，老队长就是分家人，一切都公事公办，省得花钱请酒另请分家人。当然也有一些人家婆媳打得不可开交，无法等下去，不得不把已分到仓里和柜子里的粮食倒到院子里，让分家人遭受频繁过秤之苦。然而，双方都在气头上，说分也就分了，事情往往办得干脆利落。等到秋天，怨消气解，再提分家，往往就容易让人伤感，让人下不了决心了。打架时发誓再也不给儿媳哄孩子的婆婆，早在夏天上河套洗澡时，就毁了誓言，抱着孩子一同坐进水里，引逗得孩子嘎嘎大笑；打架发誓再也不帮婆婆洗衣服的儿媳，见婆婆哄了自己孩子，恨不能将婆婆还没穿脏的衣服也拿到河套里洗，要是有了脏衣服，是宁愿一天一趟河套的。于是，听完老队长的话，嘴上都说不后悔，表情却证明了一切。那王德林的小儿媳，老队长喊了三遍，竟然一直就没出来，到第四遍，不得不苦抽着脸站出来，做婆婆的一下子就不忍了，拖着哭韵道：孩子还小，就不分了吧，下一年再说。这种时候，还是男人们冷静，王德林大喊一声，再过一年也是分，等他干什么！你想等把儿媳妇气坏了不成？

这是一句气话，也是一句反话，其实是怕儿媳把婆婆气坏了。然而恰是这句话，揭示了事物的本质，揭示了一个不可抗拒的现实——迟早，儿子都要从老子那里分出来的，这是任谁都无法改变的现实。婆媳一旦有了裂痕，就是瓜和蒂之间有了缝隙，分裂是迟早的事，一切的补救都是徒劳的。

可是，做婆婆的，被儿媳感动，也被男人激怒了，偏不去接受近在眼前的现实,哭韵立即高亢起来,变成反抗:就是不分了,看你怎么样?实在想分,等大儿子回来再说。王德林的大儿子,在本溪煤矿当工人,早就在外边结婚安了家,分家的事,与他一点关系都没有,她没有道理将大儿子也扯进来。做婆婆的之所以将大儿子扯进来,无非是展示一下自己还有一个工人的儿子,以遮掩一下脸面——分家,毕竟不是什么体面的事;无非是向分家这个不体面的现实做最后的挣扎。然而,如此一闹,场院上的气氛一下子就沉闷了,老队长、王德林、王德林的儿子,所有围观的人,都不说话了。大家眼睛看着秤砣,眼仁里的光,却一下子蒸腾了,飘忽了,好像所有人都从王德林女人的无理取闹中,感受了做父母心中那万般无奈的滋味,好像所有人都从中体会了骨肉分离的惨痛。

不管沉闷多久,家还是要分的,老队长给足了时间,当断不断,是故意要分家的老子和儿子自己来断,当见老子和儿子都断不了,一声命令便一下子了断了一切:早晚的事,还寻思什么,来,分!

场院上的沉闷于是打破了,会计将一家分成两家的粮数一报,劳动力们纷纷行动起来。可是从此,我心底里的沉闷却开始了,因为我看到,当一家的苞米分成了两堆,做婆婆的竟嘤嘤地哭了起来,见婆婆哭,儿媳也哭了起来。

于是,我在刚刚懂事的时候,就承受了人世间最最严厉的打击,骨肉分离的打击。亲生的骨肉都分开了,还有什么不可以分开的呢!这样的打击,不是割肉带血的,而是扯骨分筋的,它断掉了我一段时间以来对生活所有的热情,烙印一般烙在了我的心里。我在后来的许多作品里,都绕不过分家这件事情,比如中篇小说《一度春秋》，长篇小说《歇马山庄》。有了这样的打击，父亲抱我亲我，我不再欢呼雀跃了；母亲打我骂我，也不再伤心难过了；因为无论怎样我都知道，离，是迟早的事，有离在后边等着，前边的一切，又有什么重要的呢？！

场院上上演的戏剧，其实是一个教你宠辱不惊的戏剧，场院上上演的戏剧，其实真正的内容不是收获，而是分崩离析，不是喜剧，而是悲剧。收获只不过是分离的前奏，是序幕；喜，只不过是悲的引子，是骗局，就像舞台是母亲们的骗局。场院因为不愿意看到人们早早就走进悲苦的现实，于是导演了漫长的收获的过程。仅此而已。

自从分家这件事在场院上打开缺口，场院上的热闹在我心里便一天不如一天了，因为我再也不愿凑到分粮的人群里看光景了。打高粱，打豆子的活倒是有些意思，但与这意思相连的，必然是分粮，只要分粮，必然会遇到分家的场面，所以，我很少再去场院了。我顶多站在场院外边，远远地张望，倾听，如同最初的张望和倾听。

场院上的热闹，也确实是一天不如一天了。粮是越分越少，场院的地皮，也越露越大了，在场院上干活的劳动力，也是一拨一拨撤出去了。到了初冬，当场院上的花生扑完，缴了公粮，由苞米秸夹成的块子统统撤掉，曾经热水朝天的场面便梦一样消失在昨日的时光里。

这时节，站在我家门前，场院真的是一望可知尽收眼底了。它光洁而平整，平整而辽阔，但因为有昔日的繁华比较，有昔日的丰满比较，显得格外的荒凉和寂寞，且隆冬的北风一刮，干枯的草叶在上面来回飞舞，场院在我心里，便成了一个要多悲有多悲的角色了。它任人压迫，从不反抗，它不反抗也许为了日后的热闹、丰满，可是没有几天，又被抛掉热闹，又被抽去丰满，只有无可奈何落入寂寞。它尽管导演了分家的悲剧，可是人还可以有一番挣扎，它连挣扎都没有。如果说是场院导演了分家的悲剧，那么又是谁导演了场院的悲剧呢？如果说舞台上的演员有着悲剧喜剧，那么舞台本身，是否也有着它的悲剧喜剧呢？

对于场院的思索，在我童年的生活里，是要经历一个漫长的冬天的。我远远地看着它，可怜着它，同情着它。有时，我把它想成王德林女人，因为她再不想分家，最后还是顺了大势，服从了老队长的命令，那命令是完全可以不服从的；有时，我把它想成我的母亲，因为她即使被场院骗了，打扮得再干净也无人注意，空赚了扒苞米挣工分的劳累，到了下一年，也还是要粉墨登场；如同场院屡经压迫总不悔改的命运……

我这么看着，想着，春天一点点就到了。春天一到，场院上就有了扶犁和拉犁的人和马了，当场院在人马合作的耕耘下，起了垄，按了种，变成了一块地。我的情感里，便很快长出一地欢快的绿芽。我便像一头记吃不记打的小猪，窜动在地垄边的小道上，一心奔着下一个秋天的到来。什么悲、喜，什么热闹、苍凉，一切的一切，全忘得一干二净。

小夹地

在我出生的年代,辽南乡村的每家每户,都有一块属于自己的地,叫饲料地,即种猪饲料的地。这样的地,一般并不按人口分给,因为人再少,家里也要养一头猪而不能养半头,人再多,家里也只能养一头,顶多不能超过两头。

这样的地,一般都是大片地的边角余料,沟边或坝边。我家的饲料地,分在了屯街北边,通往学校那条道的道边,与东山岗掼下来的那条道垂直。它的后面是一片果林,左边是后街的菜地,右边,隔着道望着的,就是所谓东山街上的人家。因为它的四周,全隔着水沟,没有与任何地块相接,大人们叫它小夹地。

或许只有地瓜土豆是喂猪最好的饲料的缘故,小夹地里生长的,永远是地瓜和土豆。春季土豆,秋季地瓜。这两种作物,须蔓和果实有着明显的差异,可在我眼里,却如一对同胎兄弟。因为侍弄它们的,同是一家人,哺育它们的,又同是一块地,它们的果实,又都在下面。重要的是,它们的地头,大人们总要种上一圈苞米,苞米的生长期正好是地瓜和土豆加起来那么长,被同一种作物监护着的作物,不是兄弟还能是什么?!

对于小夹地的感情，是靠日积月累的。事实上，它比我更早地就诞生在我的家里，我出生时，它早已成了我家物质的一部分。在我的童年岁月，父母哥嫂在小夹地上春种夏收、夏种秋收，一遍又一遍地出入，没一次不是领着我。我比任何时候，都更能亲历大人们在土地上的劳作。我眼看着他们起垄、撒粪、栽种、薅草，眼看着他们额头潮湿汗流浃背。最初，我关注的也许只是在这里干活的大人们，可时间一长，来小夹地次数一多，我便开始关注这里的土豆地瓜了。我看着土豆苗怎样一点点拱出地皮，看着地瓜秧怎样一点点向外吐须；我看着土豆怎样一点点长大，开出了小花，看着地瓜蔓怎样一点点从垄台爬向垄沟，最后覆盖了一整片地……看着看着，小夹地就变成了我生活的一部分，是我情感的栖息地了。

然而，对小夹地情感的真正认识，还是上学以后才开始的。上学，对每一个乡下孩子，都是一生中最最重大的转折，我在由一个到处疯跑的孩子而一夜之间成为守规守矩的学生时，最大的转折，是从此，告别了无忧无虑——对于童年的告别，是从上学开始的。只要上学，恐惧、无穷无尽的苦恼，也就开始了。而一直守候在上学路上的小夹地，则一开始，就承担了对我恐惧心理的了解，烦心和苦恼的见证。

我的学校在小王屯，是山咀子小学的分校。通向小王屯的道是一条深深的地沟。在乡村，像从小镇通到山咀子东山岗那样能够见到平面的道很少，一般的道，都是地与地之间的沟谷、草崖。在我刚刚上学的时候，独自在野地沟谷边行走，是我最最害怕的事情。因为那沟谷里，常常有蜥蜴出没，有专门吃死孩子的野狗出没。那时，我和四婶家的美晶二姐在一个班级上轮课，我上一年，她上二年。也就是说，这节老师给我上一年级的课，下节老师给二姐上二年级的课。事实上，我和二姐是可以结伴的，我也确实跟二姐结伴了，前边说过，我常以找二姐上学为由去看四婶揣在腰间的手绢。可是，这只是上学时的事，放学不行，放学时肚子一饿，二姐就没有耐心等我了。那时，我是这茬学生当中最小的一个，只有六岁，二姐落下我，只需一眨眼的工夫。我落在后边，想追上去难上加难，往往是越追不上，越是要追，越想追，就越追不上。风在沟谷边吼着，野狗一样，我不敢回头，只往前看。可是越不敢回头越觉得后边跟了一群狗。有一天，正因害怕后边而目不转睛地盯着前边时，一个血淋淋的东西撞到我的眼前，那是小孩尸体。他的身边，一群野狗正你瞪我、我瞪你地嘶叫着。

在我小的时候，乡下死孩子的事经常发生，而小孩死了，并不埋葬，而是用稻草裹着尸体送到沟谷边点火烧，常常不等烧焦，就引来了村子里的狗。那一瞬，我的魂魄恍如脱离脖领的围巾，一下子就向后方飘去。我撒腿就跑，我想快跑，脚却长在了别人腿上，软绵绵的不听使唤。当我终于跑到屯北小夹地，小夹地竟扑通一声搂住我，大哭起来。

哭的本是我，可是我却觉得是小夹地，因为地上的泥土搂住我时，发出簌簌簌簌的声响。在小夹地边，还有果林，还有许多别的地，可是我唯觉得小夹地懂得我的害怕和恐惧。那是春天，地垄上光秃秃的，土豆还没有冒芽，泥土的气息里，有着更多粪的气息，泥土的肌肤里，有着微微的凉意，我却在那里感到了一股温馨和温暖。我紧紧地贴着它，我的身体确实因为紧贴它而不再颤抖，这时，我感到我与小夹地之间的感情，不是泥土与人的感情，而是骨肉相连的感情。

独自行走的恐惧，在我上学伊始，就深深慑住了我。我渴望念书，却害怕走路。书是绝不可以不念的，可是如何才能壮大胆子走路呢？在我刚刚读书的时候，最先降临我生活的，是恐惧，是由恐惧带来的对生活深深的绝望，我不知我该怎么办，我恍如一个走在钢丝上的孩子，进退都是麻烦。我绝望，却不敢向父母讲，因为我知道那是父母不能解决的问题，他们不会让我不上学，他们也不可能陪我上学。于是，小夹地便成了我诉说恐惧和绝望的地方。我诉说，不是用语言，而是用眼泪。几乎每天放学，从小王屯疯跑回来，到小夹地，都要蹲到那里大哭一通。我握着地里的泥土，泪一把鼻涕一把，当哭完离开，回到家里，我的脸便成了大人们吃饭时的笑料。

小夹地里的哭诉，从来都是我一个人的事情，迄今为止，我没有跟父母哥嫂或任何人讲过，也没有在任何一篇文章里写过，那是我真正感受人生苦难的开始。在此之前，我对任何苦难的感受，都是瞬间的，可解的。比如挤了后门，还有前门的盼望；运走了粪场，还有再造一个粪场的盼望；冷淡了场院，还有再度热闹的盼望。而只要上学，我哪一天能够摆脱独自行走呢，而独自行走，我哪一天能够不再害怕呢？

事实上，在后来的日子里，到小学二三年级的时候，我确实已经不怎么害怕了。一方面，我的后边又有了比我小的学生，走路时，他们可以为我断后；另一方面，随着年龄的增长，我的胆子也确实大了起来。可是，当恐惧日渐地离我而去，烦恼又应运而生。它跟胆子无关，却又像是随着胆子长出来的，因为它来到我的生活中时，是以一种叛逆的姿态。它其实只跟作文有关，是我总不能按老师的要求去写大批判稿。

我上小学三年级的时候,"文革"还没有结束,我们的作文课,便是写大批判稿。写得好的,可在全班和全校朗读。老师教我们写作,是将报纸上的词抄到黑板上,让我们抄下来组成文章,而我偏偏对抄别人的词不感兴趣,自造词句。比如光芒万丈,我非写光芒亿丈,因为我觉得亿比万大;比如再踏上一只脚,我非写再压上一个石磙,因为我觉得石磙的重量比脚大。因此,我永远得不了高分,永远捞不着上台朗读。这且不说,老师会把我生造出来的词当众公布。结果,永世不得翻身的不是阶级敌人,而变成了我。同学们在学校还不敢说什么,只要离开学校,一看到我,就一齐冲我大喊,再压上一个石磙子——

那是怎样的苦难呵!它比恐惧带来的苦难要大一百倍。恐惧完全是一个人的事情,也许,它正因为是一个人的事情才恐惧。可在我的少年时期,在我遭到众人讥讽与毁辱之后,我认为,不管什么大事,只要不被别人知道,就算不上大事。为此,我多么羡慕从前一个人经受的恐惧啊!如果上学,就意味着必须经历苦难,那么我宁愿回到从前的恐惧里。在那样的时候,放学后,我故意在座位上磨蹭,故意走在最后,故意绕道远行。可是有几个男生,他们偏偏等在你的前边,你上哪里,他们就等在哪里。

在你需要等的时候,从来没人等你,在你不需要等的时候,却有人百折不挠地等你。这真是天大的错位——这样的错位,在我后来的成长中,不止一次遇到。他们等在沟谷边,一个挨着一个,他们先是静静的,一言不发,当我不得不从他们身边经过,便突如其来地高喊,"再压上一个石磙子——"屈辱的泪,顿时就涌出了眼角。是从那时,我体会到,语言的分量远远超出了石磙的分量。

小夹地,再一次成了我哭诉的地方,因为这同样是一个不能向母亲诉说的事情。说也奇怪,那些等着嘲弄我的同学,一到了小夹地,就瞬时作鸟兽散,好像小夹地那躺着的地垄能站起来抽打他们。后来我知道,这是我的想象,事实上跟小夹地无关,是入了屯街,他们看到了自家房顶的炊烟,急着回家吃饭的缘故。在小夹地流一通眼泪,再回家吃饭,那饭送到嘴里,嚼起来,要多苦涩有多苦涩。

有时,刚刚冲进小夹地,刚想让压抑的哭声放出来,突然发现母亲正在那里撸地瓜叶,哭声于是咽进嗓子眼,一吞再吞。这样一来,内心还没有得到发泄的感情,反而如滔滔洪水,滚滚而下,淹没掉前方通向家的所有的道。这样一来,吃罢午饭,再上学走到小夹地边,即使跟美晶二姐在一起不能进去,也要站在道边看上一会儿。

土豆蔓的顶端长出了一串粉绿花蕊,有的,已经开出了淡粉色的小花,结出了葱绿色的"小柿子"。土豆蔓一旦结出小柿子,就意味着地里的土豆到了被抠出的日子了,就意味着地瓜蔓可以在地垄上肆意爬行了。我看着它们,心里默默地想,我被同学围追堵截着嘲弄的日子难道会像土豆蔓一样被大人们拔掉吗?我的发酵在内心的屈辱难道会被大人们抠出吗?可是,即使被拔掉抠出,会不会又像地瓜蔓那样,再长出新的苦难?

事实确实如我怀疑的那样,当那些进攻我的同学削弱了进攻我的热情,对用纸叠手枪发生兴趣时,我的心情,又被另一番滋味缚住。

那是三年级的下半年,那是一个炎热的夏天,那滋味泛在我的心上时，有着炙心烙肺的感觉。那也是在回家途中，但跟作文无关，也跟男同学无关。是发生在女同学之间的事，是发生在我和李秀莲之间的事。我们之间，却还要牵进另外一个同学——方丽敏。起初，我并不知道我们之间有什么事，我和李秀莲，都是班里的好学生，又是一对要好的玩伴，但如果不玩，比如上学放学走路，比如上山拾草，我却要跟方丽敏在一起。原因似乎很简单，方丽敏是大城市下来的"五七战士"的女儿，说话非常好听。她家跟我三嫂的娘家都住在一个城市，说起来，她的爸爸是革命派，我三嫂的父亲是被革命的对象，他们是不同的阶级，而我偏偏听从了耳朵的呼唤，没有在意自己的立场。常常，只要放学铃声一响，就盯住方丽敏，等她背上书包离开教室，我会蜜蜂贴住花蕊一样贴紧方丽敏，步调一致向前进。

我跟方丽敏步调一致，并不意味着跟李秀莲就不步调一致，我跟李秀莲的步调，体现在上课发言、下课跳格踢毽子上；而跟方丽敏，则体现在走路时的倾听上。也就是说，动时，我需要李秀莲；静时，我需要方丽敏。可是，有一天放学，我和方丽敏在前边正走着，李秀莲急匆匆撵上我，说，孙惠芬，从今往后，别再找我玩了。她丢抹布一样丢下这句话，接着，就风似的向前冲去。我彻底蒙了，不知道发生了什么，不知道什么事会使李秀莲这样。我愣了一会儿，之后跑步去撵她，可是见我撵，她跑得更快，边跑边说，找你的方丽敏去吧。

从此，李秀莲不跟我说话了。上课，只要我发言，她绝不发言；下课，只要有我玩的地方，她绝不加入。从此，李秀莲成了我的心病，不管是上学还是放学，我都佯装到地里看地瓜的长势，偷偷溜到小夹地，在那里苦心等待李秀莲的出现，寻机跟她说话。

李秀莲的家，在山咀子的后街，小夹地的西南方向，抄小道，她必经小夹地边的水沟。可是，她从来就没给过我机会，为了躲我，她宁愿绕道。要是发现我等在小夹地，她就走大道，要是我上了大道，她又赶紧跑到小夹地边的小道。

　　在我的少年时代，我从未想过，在这个世界上，我会有一个仇敌，而仇敌的生成，是在不知不觉中。她好像早就隐在你的生活中，瞅一个合适的机会，伺机待发。实际上，这样的仇敌，在我后来的成长中，不断涌现，他们不拘男人女人，他们开始都是你身边最亲近的人，他们甚至有可能是你的老师、领导，一个莫名其妙的原因，就莫名其妙地成了仇敌。

　　有仇敌的日子，心里的安宁彻底失去。实际上自从上学，我的心里就没安宁过。可是恐惧也好，屈辱也罢，都不关涉别人的内心，它们只关涉我自己的内心，它们不管被不被别人知道，受伤的，只我一个人。可现在不同了，现在是两个人，我伤了李秀莲，李秀莲又伤了我，重要的是，我不知道李秀莲恨我到底有多深？

　　小夹地里的等候，是怎样的炙心烙肺，只有我自己知道。烈日烧在我的背上、脸上，又烧在我的心里。当看着李秀莲躲瘟疫一样躲过我，去跟别的学生又说又笑，又疯又闹，我的心，被日光烧灼一般细细地疼了。

　　说那疼是细细的，是说仿佛针扎一样。后来我知道，这叫嫉妒。只有嫉妒，才会生出那样的疼。我不知不觉有了仇敌，又不知不觉有了嫉妒，看来该有的，老天一样也不会放过。因为李秀莲不跟我说话，她跟别人说话时，就觉得是在讲我的坏话；而因为老觉得李秀莲在讲我的坏话，跟方丽敏在一起时，也就再也没有心情听她说话，这是多么大的痛苦啊！这简直如同把自己放在火里，里里外外烤着煎着。

这痛苦，同样是不能与人诉说的。我发现，自从上学，我的所有痛苦都变成了不能向别人诉说的秘密，都变成了内心的秘密。痛苦，一旦变成内心的秘密，就意味着你是一个独立的人，一个大人了。可是我不要独立，不要成为大人，我要诉说。

小夹地再一次成了我哭诉的地方。我哭诉，却没有眼泪，是哭在心里那种。我哭诉，同样不是用语言，而是用手。我用手抓着地瓜地里的泥土，抓一把，向空中抛去，抓一把，再向空中抛去，直到抓出深深的洞，露出粉红色的地瓜。见了地底下粉红色的地瓜，我的哭诉便变成了静静的反省，因为总不能将地瓜也一同抛出去。

我一程一程反省着自己，追溯着犯下不可饶恕的罪行的起因。那起因其实埋得很浅，连地瓜的深度都没有，无非是爱听方丽敏的城市话；无非是我把友情断然分开，服从了我的一部分感觉。细想想，那城市话有什么好听的呢？那城市话，即使好听，听了又多长一块肉不成？再说啦，你爱听，李秀莲爱不爱听呢？李秀莲爱听，人家为什么不像你说甩了别人就甩了别人独自去听呢？反省的结果，有两个问题得到明确：一、我不该对城市话感兴趣，二、不该为了自己的感受破坏了别人的感受。如果说，兴趣，是身体里的，是不可改变的。那么，为了友谊，我完全应该牺牲自己的兴趣，友谊需要付出代价。牺牲，也许是对自己最大的伤害，可是你不在前边伤害，就一定会在后边伤害。当你因不肯牺牲自己的兴趣而树立了仇敌，你势必把友谊和兴趣一遭断送。

可是，我为什么不会像李秀莲不理睬我那样不理睬她呢？为什么不能若无其事地做自己的事呢？

我不能！这正是问题的核心所在，正是我和李秀莲的区别。我没有李秀莲潇洒，我拿不起，放不下，我太在乎别人对我的印象。这是由小夹地见证的我的痛苦的根源所在，是我对自己全新的认识。许多年过去，当我爱上文学，发表了作品，我写的第一篇创作谈的题目是《我对一切都在乎》。在那篇文章里，我写了多年来深受"在乎"折磨一直活得很累的体会，写了再累也初衷不改地"在乎"的情景，我在结尾处这样写道：少年的经历告诉我，如果你是一个在乎的人，在乎别人，也就是真正地在乎了自己。

两年以后，我们小学毕业，在我们毕业典礼开过之后，李秀莲送给我一个蓝皮日记本。她在日记本的扉页上写道：愿我们的友谊从头开始。我捧着日记，乐得几乎都要晕过去，我疯了似的在沟谷上跑，风敞开了胸膛，一次又一次拥我入怀。我一边跑，一边喊，李秀莲——李秀莲——当我从学校一程一程往家的方向跑，李秀莲早已站在我家小夹地里冲我微笑。

经历了两年的冷战，相互再次走近的时刻，反而要放慢动作，犹如电影中的慢镜头，一切的欢愉都在这放慢的动作中了。我们走到一起，都把后背转给对方，谁也不看谁，好像要是看了，那欢愉便全消失，其实是不好意思。我们站在两根垄上，背对着背，你撞我一下，我撞你一下，直撞得心窝再也藏不住欢愉，嘎嘎嘎笑起来。我们笑着撞着，撞着笑着，我们的样子，好像我们之间什么都没发生过。可是笑着笑着，李秀莲突然就止住了。见她止住了笑，我也停下来。这时，只听李秀莲说，我就知道会有这一天。

我长时间说不出话来，惭愧渐渐地胀满了我的喉口，李秀莲早就知道会有这一天，我为什么就不知道？我要是知道会有这一天，哪里还会那么火烧火燎地疼呢？

李秀莲的这句话，直到我四十岁的现在，仍然记忆犹新。她实在是太了不起，她在那么小的时候，就能走到时光的前面来看问题。多年来，我在每每遇到解不开的难题时，都能想到这句话。尽管我知道，即使我能走到时光前面看问题，也无法做到李秀莲那样的坦然。尽管我知道，痛苦、苦难是永恒的，你没有了这样的痛苦，还要有别一样的痛苦，你没有了这样的苦难，还要有别一样的苦难。人，其实就是要无休止地浸泡在现行的苦难中。

为此，我永远感谢我生命中的小夹地。

南王庄

南王庄,是山咀子前边的一个村庄。它坐落在山上,那座山,其实也算不上什么山,土坡而已,却因为比山咀子东山岗的山要高无数倍,而成为我童年里真正的山。南王庄到底有多大,大人们也许知道,但我不知道。我能看到的,就一户人家。那人家悬在翻山而过的那条白白的坡道中央,夏秋之交,绿树成荫,扑朔迷离的样子仿佛长有桂树的月宫;冬春之交,树叶凋零,露出三间房子的轮廓,高耸云天的样子俨然就是天上的又一个人间。

悬挂在南山崖口的南王庄,在我童年的眼睛里,真的就像天上的又一个人间。它是一个村庄,却只有三间房子,它因为只能看见三间房子,而给我带来无限神秘的想象,一如粪场堤坝挡住的那个世界。粪场挡住的世界,总还可以爬上去,南王庄却不可以。因为在山咀子与南王庄之间,有着五六里的路程,中间隔着一个渠道,两条河,两个隔河相望的遥远的甸子。也就是说,南王庄看上去近在眼前,实际上是一个特别难以到达的地方。

我在一篇题为《保姆》的小说里,曾写过它,我虚构了一个故事安放在那里，以寄托着我对南王庄的情思。南王庄令人神往，当然有一个很重要的原因，南王庄前边，有着一片大海。对于大海的神往，还是六岁以后的事情，我在很小的时候，望着南王庄，心里想的事情跟大海无关，而跟身边的现实生活有关。我常想，南王庄是不是也有一个东山岗，是不是也有前街、后街、粪场、场园、小夹地呢？南王庄是不是也住着一个大户人家，有读过书有文化的奶奶、双目失明的父亲、任劳任怨的母亲，天天跟在母亲身边的小孩呢？我不知道一个村庄之外的另一个村庄是什么样子，关于村庄的冥想，便只能是对身边生活的抄袭和复制。

这样的抄袭和复制，直到五岁那年，还在继续。那一年，在山咀子与南王庄之间的电线架子下面，发生了战争。交战的双方，是山咀子的少年们和南王庄的少年们。由我三哥带领着到南甸子割草的山咀子的少年，把电线架子当成自己地盘；南王庄的少年则把电线架子当成他们的地盘，刀光血影的恐惧就乌云一样弥漫开来。

所谓电线架子，听父亲讲，是"小日本"占领东北后强迫朝鲜民工修建的电网，从吉林老虎哨发电站一直通到大连。它约五十米高，一千米间距，架着几根粗壮的电线。它本来是在南王庄的地里，属于南王庄的地盘，可是因为它成天耸立在山咀子少年的眼皮底下，也就一直是山咀子少年与南王庄少年的必争之地。

我没有见过刀光，但我见到过血光，三哥将一摊黏稠的血迹带回家时，肩膀上的肉翻卷着如小孩子的嘴唇一样。父亲从不打孩子，他对孩子最大的惩罚是不让吃饭。皮肉和肚子一同受到惩罚的三哥，一点都不气馁，他在母亲为他擦血时，一再表示，跟南王庄没完。母亲听完三哥的话，以死相胁，说你要是还去打，我就死给你看。三哥说，不是我想打，是南王庄狗子他们不能不打。狗子是他们的头，他也受了伤，也伤了肩膀，他怎么会罢休？！

都受了伤，都伤了肩膀，这仅仅是巧合。可这正应验了我那带有复制色彩的想象——山咀子有什么，南王庄就有什么。山咀子有大田，南王庄也有大田；山咀子有割草的少年，南王庄也有割草的少年；山咀子少年中有一个领头人物三哥，南王庄少年中有一个领头人物狗子；三哥伤了肩膀，狗子也伤了肩膀。那时，我还无法知道，山咀子的少年之所以和南王庄的少年打仗，是因为院子、屯街、土道这一应乡村的地理，无法缚住他们正在成长的热情。打仗的事让我知道，南王庄原来一点也不神秘，它和山咀子一模一样。或许，天下的村庄都一模一样。

在我童年的印象里，村庄是天地的孩子，母亲是天，父亲是地。我之所以不把父亲比作天，大约因为我的父亲比我的母亲更愿意抱我的缘故。天和地最初怎么生成了村庄，父母最初怎么就生了我，这一点，我一直感到奇怪。可是，更令我奇怪的是，一奶同胞，还有男有女，有高有矮，村庄怎么能一模一样呢？

这样的困惑，在我六岁那年，得到了彻底的解决。它的解决，得归功于前街王旭功的大闺女王宝莲。王宝莲在南王庄的前边找了婆家，结婚之后，每过十天半月，就回来送一回鱼虾海货。王宝莲何时结的婚，没人告诉我，她穿着粉红的小裤，在南王庄崖口出现，却要口口相传，一个传一个传到我的耳朵。传这样的话的，首先是母亲。她常常在院子里走着走着，突然的就停下来，之后，招呼奶奶，说，妈，你看，王旭功的大闺女又回来送海货啦。奶奶于是从蒲团上颤巍巍站起来,扶着院墙,朝南王庄张望,边望边说,都说王旭功穷命,老早死了老婆,看,这回不是好啦!

那个移动在南王庄崖口上粉红的点点,向山咀子一次又一次灌输并证明的,原本是王旭功的苦尽甜来,可它向我一次又一次灌输和证明的,却是南王庄与山咀子的大不相同——南王庄前边有个富裕的大海!当然南王庄不是大海,与海边还有着一段距离,但当知道南王庄前边有一个大海,南王庄在我眼里却怎么也不是原来的南王庄了。当我知道南王庄前边有个大海,南王庄是不是原来的南王庄,是不是和山咀子一样的村庄,已经变得不重要了。

对南王庄前边那个大海的了解,是随着王宝莲的不断返回加深的。大人们说,王宝莲大包小裹从海边送回来的,不但有鱼虾,还有海蜇、海兔子、海蛎子、花蛤。大人们说,王宝莲的男人是掌船的,常年跑海,那海连着烟台、青岛,连着日本、朝鲜,连着世界。世界这个词最初降临我的生活,并不比朝鲜更有震撼力,在我童年的心灵里,朝鲜就是最大的世界。因为母亲曾经告诉我,我的二舅就是在朝鲜跟美国人打仗牺牲在战场上的。朝鲜有美国人,还有炮火连天的战场,它怎么能不是最大的世界!

大海的出现,给我带来了怎样的憧憬啊!对于它的想象,再也不是对身边生活的抄袭和复制了,它有了与身边生活迥异的全新的模样,它的辽阔是由浪花赋予的,它的宽广是由风帆度量的,它的丰富是由爬行游动的海物展现的,它因为连着朝鲜而连着世界。可是,浪花、风帆、海货、朝鲜,又到底是什么样子?

南王庄挡住了我的眼,却挡不住一个六岁孩子对一个未知世界的憧憬。这样的憧憬,多半要发生在白天,发生在晴空万里的阳光下。因为只有这时,南王庄的山岗上,才会反射出霍亮霍亮的金光。时间一长,到王宝莲往家背海货的同时,还要背上一个孩子,南王庄便已经深深得罪了我,成了我心目中的敌人。如同我深深地得罪了李秀莲,成了李秀莲的敌人。李秀莲不跟我说话,我也不跟南王庄说话。当然,我想说也是说不上的,我是说,我多么想象愚公那样带领子孙把南王庄搬走啊!

与南王庄之间的对峙,一直持续到十四岁。十四岁之前,我在南王庄与山咀子之间的河套洗澡、拾草、挖野菜,远远地望着它,从不去理睬它。有一年大年三十,发子的时候,南王庄的山崖口着起了大火,火焰先是在房子周围燎舔;后来,一点点漫到了旁边的山坡;最后,整个山坡被火光染红。山咀子的大人们纷纷涌出家门,为一场祸难捶胸顿足,我却高兴得什么似的,以为这一回南王庄可要烧焦烧没了。可是第二天天亮一看,房子还是房子,山坡还是山坡,南王庄还是南王庄,只不过烧焦了山坡上的荒草。而当焦煳的黑色覆盖了整个山脊,眼前一片黑暗,心底的郁闷便更重了。

真正穿过南王庄见到大海,还是十四岁那年。从六岁到十四岁,这是怎样的八年啊。是家、院子、前门、后门、东山岗、粪场、前街、小夹地,这样一些地理构成了我的另一部分生活,以它绚丽的色彩,遮蔽着我对一个地方的日思夜想,使我拥有等待的耐心吗?还是只有长大,才会拥有这样的权力?不得而知。在我十四岁那年夏天,王宝莲的妹妹王敏,带着我、方丽敏、由桂娟、于桂荣、王保华，在粉房街集合，开始了进军大海的划时代之旅。

我们的名义，是赶海，王敏到过她的姐姐家，她认道。我们象征性地带着一只柳条筐，象征性地戴着套袖，挽着裤腿，为了骗取母亲的午饭，我们还真诚地向母亲承诺。我们私下商定，都穿鲜艳的衣裳，以便像王敏姐姐王宝莲那样，一下了南王庄就被村人看见。踩着晨露，我们蹚过渠道，蹚过头道河，转过稻田的坝埂，蹚过二道河，再进入苞米地深处的沟谷。事实上，我们一出了家门，就淹没在杂草丛生的沟谷里，王宝莲在南王庄崖口上飘起的红影，是秋天或冬天庄稼收割了的缘故。我们一路叽叽喳喳，麻雀似的，我们还没走出多远，就出了一身汗，因为这时，日光已经烈烈地照在了身上。

南王庄被我们踩在脚下了，它一旦踩在我们脚下，就变得和山咀差不多了，草垛、猪圈、院墙、马车和粪场，包括气味，都熟悉得不能再熟悉。不过，这没关系，我们并不失望，因为我们压根儿没对南王庄报什么希望，我们是要看海。

事实上，要看大海，到南王庄才只走了四分之一的路程，南王庄前边，还有渠道、河流、稻田、苞米地，苞米地前边，还有小姜屯、大姜屯、盛家。我们的汗越走越多，都湿透了衣裳，我们的话却越来越少，当我们最后看到大海，我们差一点就哭了出来。

我们差一点哭了出来，不是因为累的，而是因为失望。我们是很累，可是为了看海，累一点又有什么呢。我们的失望却让我们没有准备，大海没有带给我们想象中的富有，大海给我们的第一印象不是有，而是什么都没有。大海原来什么都没有！一个潮沟前边，除了泥滩就是泥滩，泥滩前边，是一望无际的亮，一览无余的亮，没有水，没有船，看不到朝鲜，也看不见海货，我们甚至看不到天边。我们这么累，又走了这么远，原来什么也看不见。

那时，我们并不知道，辽阔无边，一望无际，正是大海的真正面目，我们并不知道，这没有，是因为大海退了潮，而这退潮之后的没有，恰隐藏着另外一种有。我们只是默默地朝前方走着，心底里有一股说不出的情绪一点点向眼睛漫来。

我们走着，是因为我们并不甘心，可是，走着走着，我们看到了前方的有。我们的前方，一片泥滩前面，有一群黑压压的人在泥滩上捡着什么。这时，只听王敏嗷叫一声跳下堤坝，赶海啦——

这是始料不及的事情，我们惊愕片刻，立即醒悟。于是也像王敏那样一边大喊赶海啦，一边跳下堤坝，朝海滩涌去。

尽管，王宝莲曾一次次向我们证明过，但我们怎么也想不到，这看上去平平的泥滩底下，居然藏着如此丰富的海物；我们想不到，同在一个地球，这里和山咀子竟这么不同。然而，让我更意想不到的是，正是这丰富得不能再丰富的海滩，让我一生再也不想赶海了。

海滩是硬的，看上去是泥，其实是沙，脚踩上去，像石板一样，但手挖进去，却很容易瓦解。事实上都因为沙粒太细，又被水淘过的缘故。就是这被海水淘过的海滩下面，用手一层层挖下去，会有一层层的海钱儿（一种海螺）、花蛤、毛蚬子。花蛤和毛蚬是偶尔可见，属海钱儿最多。最初见到它们，我们几乎都有些呆了，不知道身在何处。我们愣愣地看着赶海的人们，好长时间缓不过来。后来,一点点的,我们缓过来了,我们一旦缓过来,眼前的沙滩便成了我们的战场。我们统统哈下腰,撅着屁股,拼力朝沙滩扒着,因为着急,我们把海钱儿和沙粒一同装到筐里,然后再把沙滩扒一个深坑,把筐放到深坑,用水淘洗。我扒着,淘着,内心的激动无以言表,那一瞬间,我觉得整个世界都是我的。

整个世界都是我的,这是我第一次赶海的真切感受。可是,就在我急着将世界装进我的筐里时,我的筐已经满了。其实才半小时不到,可是我的筐已经满了,我的筐太小了。王敏、由桂娟、方丽敏,她们的筐都比我大,她们的筐都没满。这时,我感到心里的某个部位在隐隐作疼。开始,还是心里的某个部位,很快,就顶上了脑门儿,顶上了太阳穴,到后来,我觉得我浑身发胀,想疯。

我在十四岁那年,体会了物欲的瞬间膨胀,体会了物欲膨胀得不到满足的疯狂、难受。我的眼珠子在一程一程往外鼓,我的牙齿把嘴唇咬疼,我一遍又一遍望着家的方向叹气。后来,我蹲下来,将脚下的海滩挖出一个又一个深坑,我把筐里的海钱儿倒进去——我把它倒进去,是希望自己是一个一无所有的人,可是我又把坑里的海钱儿装进筐——我把它装进筐,是我不知道怎么折腾才更舒服。然而就在这么折腾来折腾去时,突生一念,何不把筐里的海钱儿倒出去,专拣花蛤和毛蛤?

当时,我并不知道花蛤、毛蛤和海钱儿哪一种更好,只是凭感觉,因为花蛤和毛蛤都比海钱儿大而少。这一感觉是如何救了我啊!如果拣上一筐花蛤、毛蛤,即使筐小,也完全比得上王敏她们一筐海钱儿。我撒网一样将海钱儿撒到海滩上,撒过厚厚的海钱儿,专去找零零星星的花蛤、毛蛤。

然而,没有一会儿,脚下的海水一点点涨高,海滩上赶海的人纷纷撤退,筐里只有十几个毛蛤的我,一下子就慌了,我站在那里,泪突地涌满眼角,与脚下的潮水迷蒙到一起。

可以想见,回家的道是泪水铺成的道,我拎着空空的小筐,一路不停地抹着眼泪。当走到南王庄崖口,望着了前边的甸子,想到身上穿的红衣裳,哭得更凶了。看我太可怜,在南王庄后坡,由王敏提议,每人分给我一捧海钱儿。可小筐沉起来的我并没有止住泪水,我的心里反而更加疼痛,是细针扎着的那种疼痛。

南王庄成了我永远的伤痛所在。南王庄记录着我的伤痛。那次之后,我再也不去赶海了,我怕看到无穷的物质,我知道我处理不好那样的事情。

那次之后,每遇到突如其来的诸多利益,我都会想到赶海的教训,从而懂得:放弃,反而是一种得到。

南王庄挡不住另一个世界的博大,同时,也让我知道了这博大的世界究竟有多少东西属于自己。

南甸子

在我童年的老家，对大田有两种叫法：生长稻子的水田，被称为甸子；而生长苞米、地瓜、大豆的旱田，被叫作山。屯街上，两个人碰面，一个人若问，上山啊？另一个则答：不，下甸子！甸子和山，明显地区分着洼处和高处，大人们语气里的上和下，便也包含了力气的多和少。

实际上，真正出力的活是下甸子而不是上山。上山也是要出力的，但那力是出一分便可得到一分的效果的。比如往地里挑粪，你一使劲，力气上肩，扁担也上了肩，扁担上肩的刹那往往还要往上弹一程。而下甸子不行，甸子里放了水，水又浸透了泥，你一使劲，力气便陷进泥里，即使扁担上了肩，也还要有足够的力气从泥里往外跋涉，而后脚的跋涉又正好加重了前脚深陷的程度，于是，甸子里的活路是出两分力才可以得到一分的效果的，甚至更少。

山咀子的甸子在屯街的南边，隔着菜地、渠道和一条小河，大人们称作南甸子。南，即指明了方向，也指示了距离——那种隔着什么的距离。对南甸子活路艰苦的感受，是到我辍学之后才拥有的。在此之前,我只知道老队长分派活的时候,说谁谁下甸子,那谁谁的脸子就阴下来,吐出的烟圈,要特别的悠长,站起来,向南甸子迈去的脚步,要特别拖沓,似乎能拖一阵是一阵。实在拖不过,进了水里,腿陷进泥里,烟捞不着抽不说,你是越拖沓越挪不动腿,想偷懒也偷不成了。

在我童年的印象里,最不愿意下甸子干活的,要数三哥了。三哥上学的年龄,南甸子是他常去的地方,抓青蛙、摸钩子虾,越过甸子到电线架下去打仗。每次从那里回来,他都是一身泥土,满脸的激情,好像那里给了他金银宝贝。下学之后,他却变了一个人,到南甸子干一天活回来,脸上不但见不出激情,且像遭了严霜似的一进门就耷拉脑袋。并动辄哭叽溜溜跟父亲说,下甸子干活,还不如死了。父亲一听,勃然大怒,我要是眼好,一个人就养了家,哪里会用你这个兔崽子,有本事你去死!

那时,在我看来,父亲挑大粪已经是世界上最累的活了,再累也累不过挑大粪。父亲的训斥在我听来,便特别解渴。当然,愿意听父亲训三哥的重要原因,还在于我和三哥之间的关系。三哥那时已进入青春期,特爱干净,饭桌上,常常跟我打架。只要我端起饭碗,就指着我的指甲,说,看你指甲黑的,让人恶心。我尽管还小,泥里土里玩得不知道干净,但已懂得在哥嫂侄子面前要面子,大侄子只小我三岁。见前后左右都是嗤笑的目光,我无地自容,摔了筷子大哭起来。本以为哭会遮羞,岂不知反而更暴露了羞,侄子这时正趴在门槛上,瞅我嘻嘻笑。一肚子的气于是积在了三哥身上。听到父亲骂三哥有本事就去死,心底要多高兴有多高兴,我当然不希望三哥去死,三哥越是不死,越让我开心。因为只有这样,我才能每天都能看到三哥从大甸子回来哭哭叽叽的样子。

其实我算错了账，他越是没有好心情，就越是看我不顺眼，越要训我。

南甸子的活到底有多累，南甸子到底怎样压抑着一个乡下青年的理想，童年的我无法知道。三哥二十岁那年，在大哥的努力下，告别南甸子，到小镇做了拖拉机手。三哥得知消息，在院子里连蹦三个高，振臂高呼毛主席万岁。可是，老天仿佛有意报复我的幸灾乐祸，三哥走了，我却来了。一转眼，从南甸子哭哭叽叽回来的，是我，而不再是三哥了。

在我读书的时候，大学的招生制度还没有恢复，可不知为什么我一直坚信我不属于乡村。或许正因为如此，多年来我对三哥的痛苦持有审视、旁观的态度。我坚信我不属于乡村，却并不拒绝乡村，我毅然回到了乡村，回到了南甸子，可见南甸子注定是我人生旅途的一段路。

那正是漫长的春天，正是大人们最憷的插秧季节。不知是插秧活路的劳累，使大人们觉得春天格外漫长，还是因为春天的漫长，才使插秧的活路格外累。反正，春天的漫长，正是从这个季节嵌入我的体验，成为我的经验，从而改变我的生活的。我在后来发表的小说《小窗絮雨》《一度春秋》中屡屡写到，足见它对我的影响之深。春天的漫长是由悬在头顶的太阳来证明的。太阳，是春天最最忠实的使者。它一旦升起来，便很难落下去，它在天上一寸一寸移动，它从来都不让你看出它在移动，它却静静地监视着你的移动。当一个人的脚和手都插在一尺多深的泥土里，大头朝下，腰弯成一百八十度，身上的衣裳褪到肩上，露出后背，当动一步是水，动十步还是水，哈腰是水，抬头还是水，太阳一动不动的照耀，便要多恶毒有多恶毒了。汗，是从后背上流出的，背托不住，又流到胸怀，流到脖颈，与额上的汗、脸上的汗，在脖颈上会师，一滴滴溅落，到它们落到水里，汗便不再是汗，而是喊天不应叫地无门的呐喊了。

喊着快一点插到地头，好在池坝上伸伸腰站一站；喊着快一点来到中午，好回家坐到高桌上享受午饭；喊着快一点打发日落，好在土炕上伸展四肢一睡方休。然而，往往越是喊着、急着，那奔着的时刻越是不来。有时，那时刻终于来了，比如插到了地头，你直起了腰，你却发现你在身体舒服的一刻，心里不舒服了，因为只要你站直，你就能看到小镇。它就在南甸子的东南方向，由影影绰绰的房子组成，它的旁边还有一条官道，官道上影影绰绰跑着汽车。它在南王庄山岗向东延伸的尽头，是甸子上一处看得见摸不着的遥远的风景。这样的风景里，因为藏着一所高中，藏着那么多不出力就能挣到工资的工人，一旦进到你的眼中，便毫无疑问会发酵你心中的委屈，酿成只有你自己能够听到的呻吟了。于是，刚刚抬起头，又要低下去；好容易盼到午饭，又无心下咽；好容易盼到夜晚，又要辗转反侧难以成眠。

春天之所以漫长，其实是从夜晚就开始了的。

漫长的春天，漫长的下甸子插秧的季节，在折磨着我的腰肢的同时，如何无孔不入地煎熬着我的内心，只有我自己知道。我曲着脸，我深知我苦脸悲悲的样子一定比三哥还要难看。不过，我没有想到死，没有当父亲的面提到死，我只是将一肚子的委屈和压抑写到日记里。我是说，当我从一天的劳累中跋涉出，好不容易回到夜晚的土炕，我又在日记上开始了新一轮的跋涉。这跋涉和白天的跋涉明显不同，白天的跋涉，是脚踩着真正的泥土，靠的是力气和意志，夜晚日记上的跋涉，是情绪弥漫在幽暗的屋子里，靠的是心智和想象。白天的跋涉，进行在无限难熬的时间里，夜晚里的跋涉，则进行在无限幽深的空间里。时间，只是一个日出日落的过程，空间，却是过去、现在、未来的记忆和想象。我忆起了我读过的所有大书，《林海雪原》《野火春风斗古城》《苦菜花》《百炼成钢》《毁灭》，忆起了读这些大书时曾经萌生的长大了也当一名作家的理想。事实上，当作家的理想，小学三年级读第一本大书时就萌生了。一直觉得乡村不属于我，或许正是缘于这种理想。

我在这样漫长春天的夜晚，在记忆里一程一程寻到了曾经的理想，其实是对现实的一种逃避，是对疲累的一种精神抚慰，如同一个挨了母亲打的孩子哭够了，转身对别的孩子说：你看，我还有铁蛋呢，你有吗？此时，我在告诉自己，我还有理想呢！可是，我一点都不知道，我的思绪一旦涉入理想这块领地，我的心便会像豆秸撞到火花一样，噼噼啪啪燃烧起来，我的笔在日记里的跋涉，便成了火焰中独自的舞蹈了。

我不停地在日记上写着，我写着的东西，都是我生活中没有的东西，比如我当不了作家，当不了诗人，就在日记上抄写作家的作品。我抄写矛盾的《子夜》，鲁迅的《呐喊》，泰戈尔的诗；比如我上不了高中，就在日记里不厌其烦地描写高中校园的美好，宽阔的操场、高高的篮球架、矮矮的单双杠、经久不息的读书声；比如做不了镇上的工人，我就在日记里想象镇子上的工人是如何牛气，如何对乡下人爱搭不理；我甚至还这样写道，有一天，他们的自行车一下子被上南碱滩拉碱泥的马车撞翻，他们居然跳上马车要求赔偿。因为我的生活中没有，我便只有发挥想象。我的没有恰恰培养了我，使我开始了有——有的，当然不是现实，是想象和创造的现实，这想象和创造，对我多么重要啊！

我的想象是从空无一物的地方开始的。我的想象又是从远在天边的事物向近在眼前的事物滑落的。比如开始，我想的是当作家，到后来，竟变成想为村里出嫁的姑娘做一个伴娘了。

半月二十天过去，大片的稻秧插完，那先插的稻田已开始长草，而一旦到了薅草这遍程序，日光下的跋涉，则变成雨雾里的跋涉了。这时，手拔着池水里的草，脚往泥里揉着拔下的草，衣裳贴在湿湿的背上，南甸子上的劳动，真是没人不想逃避。想逃，自然要有正当理由。在我的老家，女劳动力旷工，最最正当的理由，便是为新婚女子当伴娘。大人们将伴娘叫成"陪婚的"，意为陪着新娘坐车坐床，做一整天的闲人。我刚下学，与大龄青年没有交往，自然不会被选中，于是，做伴娘便成了我劳累时最最近在眼前的盼望。是做不成，才盼望，才想象，到后来，想得时间久了，一点点的，我竟真的把自己当成伴娘了。我在意念里，每天都要坐在新娘身边，我因为经常坐在新娘身边，而有机会耐心而细致地察看新娘的一举一动、一言一笑，于是，一篇叫《新嫁娘》的文章，便诞生在我的日记上。

原本，我想象着的，是伴娘，结果，却写了新嫁娘，可见我由压抑而生成的想象有着怎样的穿透力。这便是我的处女作《静坐喜床》的诞生。这篇作品，发表在 1982 年五月号《海燕》杂志上，题目是编辑改的。跟这篇作品同期发表的，是题为《希望》的散文，发表在《无名文学》杂志上，也是当年的日记。正是因为绝望，才抒发着内心的希望。我在那篇幼稚的散文里，写过一句并不幼稚的话：人生，就是在用希望喂养着。

事实证明，夜晚里的跋涉，是白天给予的，相反，正因为有了夜晚里的跋涉，才有了白天干活的耐心和毅力，正因为有了夜晚里的跋涉，才有了后来我的写作生涯。也就是说，我的真正在文学道路上的起步，是从夜晚日记上的跋涉开始的。也就是说，我的真正离开南甸子，是从坚守南甸子那一天开始的。

这有点以毒攻毒的味道，但事实确实如此，我因为坚守了南甸子上的劳动，才在一年以后村里妇女队长结婚时，当上了妇女队长；我因为当上妇女队长有机会到公社开会，才在文化站的宣传板上看到一份征稿启事，才使日记上的蝇头小字有机会印成铅字成为文学作品。1984年，当我因《静坐喜床》的发表和获奖而接到市文联保送到辽宁文学院进修的通知时，我做的第一件事，就是冲出家门，穿过菜地、渠道、小河，来到一马平川的南甸子。我站在那里，久久地凝望着这里的池坝、刚翻过的泥土。因为是冬天，地结成了冰，凝结在一朵一朵翻卷着的泥土中央。其实，在这里，我只干了一整年的活。1977年，我也和三哥一样，在大哥的帮助下，到哥哥所在的农机修造厂干了家属工。1980年又考入小镇制镜厂画玻璃画。对于南甸子的告别，已经是六七年的事情了，可不知为什么，唯有这次告别，让我想起南甸子，似乎它们有着必然的因与果的联系。

我看着大田，想象着它们在那样一个春天和夏天对我腿脚的浸泡，不禁百感交集。我在想，没有它的浸泡，会有我的今天吗？我又想，要有今天，必得经过它的浸泡吗？我还想，它浸泡了祖祖辈辈一代又一代农民，他们中的绝大多数，一辈子都没有离开它，他们心中的南甸子，又是一个什么样子呢？南甸子给予他们的，又是什么样的命运呢？

小　镇

我说的小镇，就是青堆子镇。位于黄海北岸，因镇南老港边有个土坨名叫青堆子而得名。听五叔讲，小镇最初的形成，跟四处云游的僧人有关。在唐代，僧人在此结庐为庵，人烟渐集而成村落。到了明朝晚期，因为渐渐发展成为滨海商业小镇，成了关内流民涌向东北地区中转地之一。清乾隆二年，也就是1737年，已成为初具规模的港口集市了。嘉庆年间，这里商业尤其繁荣，与烟台、天津、上海等商船往来十分频繁，大量的粮食与土特产、大量的日用品在这里输出输入。清光绪三十二年，庄河建厅时，青堆子已兴建商业特别区，有居民四百多户，达三千五百多人，沿街店铺鳞次栉比，小港舟楫往来昼夜不停，商业繁华异常，并开始创建小学。到了清宣统年间，这里的繁荣吸引了丹麦女教士聂乐信，她从大洋彼岸不远万里来此建基督教堂，附设崇信女校，增设男校和讲书堂。民国十五年（1926年），镇内设有自治公所、巡警局、巡防队、税捐局、邮局、邮报局、盐务局、商会和小学校等，商店有一百二十多家，与烟台、上海、岫岩、海城、凤城、安东等地贸易联系紧密。民国二十年（1931年），东北沦陷后，日本殖民当局在此驻军，岫岩、凤城及附近各地地主豪绅为避抗日烽火，大量迁入，人口激增，到民国二十三年（1934年），居民已达19770人，出现畸形繁荣，工商户发展到七十多户，酒馆、妓院、戏院、应时而生，成为日统时期鼎盛阶段，其繁华超过当时的县城庄河。

我之所以不厌其烦地在这里追溯小镇的历史渊源，是因为它与我的家族历史有着血缘的关系，也就是说，没有小镇曾经的繁荣，就没有我们孙氏家族曾经的繁荣。就没有爷爷的身世、奶奶的身世，就没有我的奶奶嫁给爷爷后生出的这一支后人。奶奶从小镇书香门第嫁到山咀子，与孙家曾在小镇上的地位一定不无关系。曾在前边写过，我们孙氏家族祖籍山东登州府海洋县，1866年从山东迁居辽南青堆子小镇。听奶奶讲，爷爷的高祖就是在小镇上做学徒时发的家。爷爷高祖的发家曾有一段佳话。是说他在一家店铺做学徒的时候，一天夜里，财东在店铺后房聚赌，唯有高祖照料前房各处，突来一人给财东送信。送信人走后，出于好奇，高祖偷看了没有封口的信件，信上转告财东明天高粱涨价，让财东速买高粱囤积。高祖看信后连夜借钱，买了整个东风县的高粱，凭空发了一笔横财。这个故事，多少有一些传奇色彩，不过确实是爷爷高祖的机智，使他的后人孙桐、孙云有机会读书深造，考入北京国子监，毕业后在朝廷里做了高官。他们曾按北京故宫的构造构图，在镇郊建了一套三进三出三套院的房子。这座房子，至今已经废弃，五叔在向我讲述家族故事时，曾将它见过的房子画在一张纸上，并将当年遗留下来的珍奇古迹一并画出：四周刻有麒麟送子浮雕的上马石，高两米、有八个石面、上端刻有四朵祥云和一轮红日的拴马杆，拥有好几种书种的竹板套书：

《四书五经》《三国志》《康熙字典》《景岳全书》《史记》《诗经》《易经》《红楼梦》《西游记》《金瓶梅》等。还有玉石嘴的大烟袋、牛角烟缸、铜座烟炉、宣德炉、仁德堂手炉、石锁、图章、套盒、象棋谱等。在那舟楫往来频繁、商业繁华异常的年代，孙家日子到底红火到什么样子，我不知道。我只知道，孙家在小镇的败落，是在爷爷父亲那一代的晚年。爷爷的父亲孙树范在晚年里，与兄弟三个对鸦片贪噬如命，他们不但自己贪，还带动了他们的女人，于是，八个人八杆烟枪，一直把富豪的家业抽空抽光。到后来爷爷的父亲不得不领着爷爷流落乡下，靠租房维生。一直到奶奶与爷爷结婚后，又流落到周山咀于家大院。

事实上，即使如此，孙家祖上的余威也并没散尽。它的依然散发光彩，并非因为爷爷跟他的父亲在搬家沦落的途中，还保存着一些竹板书、字画、手炉和石锁之类，当一个家族的家境大势一去，那些古董遗迹散发的，早已不是光彩，而是霉烂腐朽之气了。我是说，当在小镇上做着私塾校长、在教堂里做着主持的奶奶的父亲，从提亲人的嘴里得知未来的女婿竟是青堆镇上出过秀才的富豪人家的后人，是盖无不同意之理的。而读过四书五经的奶奶嫁给已经沦为农民的爷爷，是一次怎样地位的陷落、身份的陷落、生活质量的陷落呵！

我在一篇题为《歌哭》的小说里，曾以虚构的方式讲述了奶奶的陷落，在那里，我把我的家族想象成奶奶的家族，而把爷爷写成一个出身寒门的土匪。奶奶从温馨无比的书香门第嫁到一贫如洗的农家土院后，曾几次逃跑都被爷爷抓住。从此，一个望门贵族滑落到深井的奶奶便开始了向深井外边的爬行。奶奶终其一生的努力，最后却真的掉进故乡屯街的深井里。

这是虚构的奶奶,我之所以虚构奶奶,是因为成年之后,我一直不能想象奶奶从小镇上嫁到山咀子的最初岁月是怎样度过的。我无法知道,于是我动用了想象。事实上,现实的奶奶没有终其一生的努力,她在嫁到山咀子十几年之后,当她的孩子们相继长大,她很快就确立了孙家在青堆子小镇上的地位。也就是说,奶奶因为孙氏家族在小镇上曾经的地位嫁给爷爷,奶奶又在嫁给爷爷后,重新确立了孙家在小镇上的地位。她培养儿女读书,教他们知书达理通晓文化,奶奶通过她在国民党军校读书的弟弟王介夫,将二大爷送去当兵,又将大姑、大姑夫、四叔送到沈阳铁路。奶奶通过自己的言传身教,挖掘了藏在五叔基因中的美术天赋,使五叔后来成为辽南乡村第一个考进鲁迅美术学院的高才生。在一篇题为《飞翔之姿》的小说里,我曾详尽地叙述了奶奶对五叔的培养。事实上,在奶奶建立的孙家与小镇的最新关系里,其本质,是与小镇毫无关系。她的儿女早就超越了小镇,在小镇外面的世界发展。即使奶奶牺牲了我的父亲,十三岁就让他跑买卖养家,没有让他读书,奶奶也绝不让他只停留在小镇上。然而,这反而更大范围地影响了小镇,能把小镇上一个读书人家的大小姐娶回家中做我的二娘,能把一个店铺掌柜的女儿娶回家中做我的四婶,足以证明一切。

当然有一点不容置疑,小镇的存在,小镇与山咀子的距离并不遥远,与奶奶的培养同样重要。它在明昭着我们孙氏家族的过去的同时,让那些优哉游哉养尊处优的城里人,时刻激励着我的父辈们的奋斗。关键是,它的兴旺、发达、繁荣,它的与外面世界息息相关的联系,使它周边乡村的气息与辽南北部山区、大东北山区、大西北山区以及中国地图上所有的偏远山区的气息都不一样。它是相对开放的，活络的，它使得我的父辈们很小的时候，就进过戏院，见过医院，进过照相馆、银行，就懂得以粮食换日用品的贸易往来。听父亲讲，他小的时候，常常在跟爷爷上镇赶集时，溜进裁缝店看大人们如何将一卷卷大布裁成碎片；溜进染坊，看那里的人们如何将白色的大布染成红、黄、绿各种颜色。父亲十三岁经商，所做的第一笔生意，就是从小镇往安东倒大布，然后再换回小镇上没有的过膝袜子。听五叔讲，因为她是奶奶八个孩子当中最小的一个，也是最聪明的一个，备受宠爱，常得到奶奶给的零花钱，到攒到够买一张戏票的数，便偷了父亲骑回来的自行车，到小镇去看戏。五叔后来练习画画，就是从临摹戏院门口的招贴画开始的。

  小镇对父辈们童年的重要，一如对我童年的重要，乡下孩子崇拜外边，首先是从崇拜小镇开始的。在我童年的印象里，小镇，一直就是乡下人心中的京城，凡俗日子间的灯塔。大人们有事没事，只要闲起来，无不离开家门涌向小镇。他们有的，是真的有东西需要拿到集上卖，有的，只是想上镇上逛一逛，散散心。而不管有无东西卖，他们总要担着担，或拎着筐。他们卖掉的，本是筐里的菜，抒发的、释放的，却是日子间郁积于心中的沉重。于是，乡下所有的街和道都通向小镇，它们先是在屯街上汇聚，然后又在屯与屯之间汇聚，最后，汇入一条官道，由官道汇入小镇。我在我的《岁岁正阳》《燃烧的云霞》《四季》《歇马山庄》等诸多小说里，都抒写过乡下人对于小镇的感情。可以说，在我所有有过小镇字样的作品里，无一能够摆脱我对小镇的感情，摆脱小镇给我的印象。

  对小镇上事物的热切向往，是我童年生活的灵魂所在，前门、后门、前街、院子、粪场、场园、小夹地,加到一起,组成了我童年生活的广阔图景,这其实远远不够,它们只是我身边的现实生活,并不是我理想的生活,我理想的生活在外边,在人来人往的镇街上,在热气腾腾的糖饼店里,在机声咔嚓咔嚓的针织厂里,在老港附近的戏院里。它们离我很远,要走一个小时,十里地的路程。它们又离我很近,就在我心里。只要俯首打量,商店、街道、针织厂、医院、照相馆、海港,一切都近在眼前。它近在眼前,却绝不是守着它就心满意足,往往是在内心里打量得越清晰,告别内心舍近求远的念头就越强烈。

  我对小镇的最初印象,跟父母无关,而跟奶奶有关。在我记事的时候,奶奶动辄就领我到小镇的亲妈家串门,我的所谓亲妈,是奶奶堂姐的女儿,也就是奶奶的外甥闺女。因为我的前边死过一个姐姐,母亲生下我时,怕不好养活,就在奶奶的作用下,认了她的外甥闺女做亲妈,意为亲上加亲,把我"亲"住。这种认亲,有一种攀高枝的嫌疑,因为奶奶的外甥女在乡下的也有,为什么只认镇上?然而,奶奶领我到亲妈家,可是一点也看不出攀高枝的低三下四,不但如此,亲妈对奶奶尊敬的样子,倒像是奶奶才是亲妈的高枝儿。那时,我根本无法知道,奶奶之所以到我的亲妈家串门,是因为她的堂姐在她嫁给爷爷时,曾经当奶奶的面笑话过奶奶,说奶奶是小姐身子丫鬟命。我也根本无法知道,亲妈之所以百般地敬着奶奶,是为了替她的母亲向奶奶赔罪。因为事实已经证明她的母亲错了,奶奶不但把儿子都送了出去,还培养了画家,奶奶上过北京、哈尔滨、沈阳,奶奶还给儿子娶了小镇女子,奶奶还统治了一个人丁兴旺的大家庭,奶奶哪里是什么小姐,奶奶就是皇后!

奶奶上亲妈家串门，永远是车接车送，只要奶奶说要串门，大哥就把大解放开回家，把奶奶接出，到了下午，再把奶奶送回。奶奶尽管是小脚，但她从大解放的前座下来时，步履沉着，表情怡然。她往往不等进门，就大声招呼：来客啦——奶奶一旦走到亲妈家的院子里，就站住不动了，在那里等待亲妈出来为她掸扫身上的灰尘。奶奶总是打扮得干干净净，青大布的偏襟大袄和肥腿裤子，脚上一双洁白的丝袜。奶奶上炕，一定要将鞋底儿对底儿扣到一起，然后放到窗台上。这是奶奶的习惯，怕放到地上被踩了。可当奶奶把她在自家的习惯毫无保留带到小镇上的亲妈家，便是要多尊贵有多尊贵了。

奶奶在亲妈面前表现得多么尊贵，获得多少尊敬，我并不真正关心，我关心的是，能不能到镇子上逛一逛。这显然是办不到的。奶奶的不卑不亢，只能使我拥有在亲妈家吃一顿白面馒头的机会。我的亲妈家并不住在小镇中心，而在医院南边的低洼处，要经过一条跟乡下的道差不多的弯弯曲曲的小道。亲妈家的房子，房子外面的环境，与乡村没有什么两样，它与乡村的区别，主要体现在屋子里。亲妈家的炕上没有炕席，是刷了油漆的油毡纸，墙上贴的不是报纸，而是雪白的白纸。亲妈家与乡村重要的不同是，锅底里烧的是煤而不是草，锅里蒸出的是馒头而不是饼子。奶奶领我到亲妈家，要和亲妈说上一天的话，可是在我，仅仅是吃了一顿白面馒头。

名义上是逛了一趟小镇，实质上只吃了一顿馒头，镇街上的各种店，各种风景、繁华和热闹，什么什么都一掠而过。所谓繁华、热闹，也是浮光掠影的印象。不过，这不要紧，越是浮光掠影，越是让你魂绕梦牵，如同越是当不上伴娘，越是让你心驰神往。我是说，我和奶奶刚刚坐上大哥接我们回家的车，心里边就蓄满了对下一次来小镇的企盼了。

我依然到小镇上的亲妈家去，即使奶奶到二娘家住那两年也不例外。只是，随着奶奶越来越老，随着我不断长大，到亲妈家的次数在一点点减少。我到亲妈家次数在减少，去小镇的次数却在增多。因为这时节，父亲赶集时要带着我，帮他认路也帮他算账，比我大一点的女伴也要招呼我，陪她们偷偷到镇子上去逛。而无论是跟父亲，还是跟女伴，小镇的热闹和繁华都不再是浮光掠影了。我们要深入到繁华里，加入热闹里，我们在人群里挤来挤去，在这家店里转转，到那家小馆看看，有一回，卖完猪崽，父亲还领我到糖饼店吃了一顿油炸糕。因为已经深入了小镇的热闹，对到亲妈家串亲戚便失去兴趣。不过，去还是要去的，这时的去，已跟小镇无关了，只为了陪奶奶，只为了我是亲妈的干女儿。

然而，到我十六岁那年，我再也不想上亲妈家了。那一年，我被迫辍学，那一年，是亲妈家，彻底伤害了我对小镇的感情，伤害了奶奶培植多年的尊贵的感觉。

那是初冬的一天，那一天，因为大哥二哥都不在家，没有汽车，父亲为年迈的奶奶雇了一辆马车。我和奶奶，起了大早坐马车上路。因为奶奶这次到亲妈家，是有重要事情相求，她在进院时，没有招呼来客啦，也没有等待亲妈为她掸扫灰尘，而是自己夺了扫帚自己扫。奶奶倒是将鞋习惯性地送到窗台，不过送时，挑明了说，坐一会儿就走。当时，亲爹、哥哥、姐姐都还没有上班，我们起早，就是为了这个。我和奶奶这么早就来了，又坐一会儿就走，亲妈家所有人都愣住了。他们惊兮兮地盯着奶奶，奶奶却只看亲爹一个人。奶奶说，外甥女婿，二姨除了家里人，从没求过谁，二姨一大早来见你，是想求你，你是厂长。听奶奶这么说，亲爹立时绷住脸，有些紧张。奶奶说：芬子还小，就把她当成你的亲闺女，帮她在针织厂找个工作，别把她打到庄稼地里。

奶奶把话说到这节，屋子里一下子静如真空，许久，才有了说话声。可是，说话的不是亲爹，而是哥哥姐姐们。他们几乎是异口同声：姨姥，这是不可能的，进针织厂，必得是城镇户口，芬子比不得我们，我们都是城镇户口。

亲爹一直没有吱声，亲爹先是躲过奶奶目光，两眼瞅着炕沿，瞅一会儿，又将目光移回奶奶那里。然而，奶奶不等亲爹说话，转身就到窗台取鞋，边取边说，不为难你了，外甥女婿。

一直到我们走出亲妈家门，奶奶都没让亲爹把话说出，她下炕迈出门槛时，故意朗朗大笑，恍如一个走错门的陌生人在为自己解嘲。毕竟，当厂长的是亲爹，而不是他的儿女们，奶奶为什么不能听亲爹把话说完呢？奶奶为什么不帮我哀求几句呢？刚刚上车，泪就涌了出来，为我灰暗的前途。见我流泪，奶奶叹了口气，握过我的手，说，芬子，咱是农村户口，听见了吗，他们这么看咱，奶奶多糊涂，他们到今天还这么看咱……奶奶要了一辈子强，奶奶就是要不过来，也不能让他们下眼看。你记着，咱不能让别人下眼看……

在我十六岁那年冬天的早上，我第一次清楚了城乡之间的差别，人与人之间出身的差别。在此之前，我向往小镇，向往小镇人的生活，却还是第一次知道，它在你出生时，就已经打上了坚固的烙印，你和它原本无关，你只能远远地看着它，想着它，做着局外人。

后来我知道,那一次,对奶奶的伤害是致命的。她从镇子上的大户人家嫁到山咀子乡下之后,内心里其实一直没有放弃过努力,她的努力本已卓见成效,都因为世事变幻,遭遇了"文革"的风雨;奶奶的努力,尽管不是再度回到小镇,但至少,她不愿她和她的后代被别人下眼看……已经八十五岁的奶奶,从小镇回来,冠心病发作,卧床好多天,惊动了家里家外所有亲人。

后来我知道,亲妈家哥哥姐姐的伤害根本不是伤害,他们只是说出一个事实。这个事实,一直就潜伏在亲妈家的白面馒头里,潜伏在亲妈家永远烧煤的炉灶里,它一直就潜伏在我们的生活中,只是没有通过一个仪式将它彻底揭破而已。清醒了这样一个事实,我对小镇的迷恋大打折扣,好像一个受伤的小鹿再也不敢涉足草丛。

然而,隐隐的,我有一种感觉,我觉得我的内心深处,有一个念头在滋长,它起初还不那么清晰,还掩藏在瞬间的对于小镇的憎恨里。比如某个阴雨天,下不了大田,约女伴去小镇逛商店,站在街头巷尾,冷冷地打量着街道上的石板路,心里在想,哼,有什么了不起! 后来,1977 年,当全国第一次恢复高考的消息传播下来,那个藏于心底的东西终于大白于天下——我再也不要做什么小镇人了,我要到外面去做大城市人,像大姑、二姑、五叔那样。

这是怎样的一天啊,我的目光穿透小镇,看到了小镇外面的世界,就像当初目光穿过南王庄,看到了那片大海一样。尽管才只初中毕业,但小镇的伤害,使我拥有了无限勇气。为了避免文化课硬碰硬的较量,我报考了美院。受五叔影响,在线条和色彩上有一点天赋，靠着这点天赋，我真的就从小镇出发，来到县城重点高中考场了。

一直以来就在我心里身外洋洋得意的小镇，终于被两腿泥巴的孩子抛到后边了，我的骄傲、快乐可以想见。我在上车的刹那，绝对以为我就是未来的大学生，我会像五叔那样，一下子就被现场录取。

显而易见，我不可能被现场录取，但当素描、临摹、水彩画完，我确实看到了监考老师关注的目光，他告诉我，我是庄河片考生中最小的一个。遗憾的是，1977年高考，还要政治审查，学校到山咀子政审两次均没通过，我家复杂的社会关系，只有打破我企图抛弃、背叛小镇的美梦。

那是一个什么样的夜晚啊，我没有吃饭，我趴在躺箱柜的柜盖上，一直没有抬头。当全家人都吃完饭，嫂子们过来一遍遍叫我的时候，我再也忍不住哭起来。那一年我十七岁，已经是个大人了，可是我却孩子似的，不顾奶奶、父母和所有亲人的心情，在屋子里呜呜地大哭不止。我忍得太久了，自从得知消息已经忍了两天的时光了。当时，侄子侄女们不知道发生了什么，站在门外哧哧地笑我，就像小时候我被母亲打哭，他们躲在门边笑我一样。然而这次，我的父亲制止了他们，父亲的话震得房梁硿硿直响，父亲说，兔崽子笑什么笑，都给我滚——这是我记事以来第一次听到父亲骂我的侄子侄女们。父亲骂完之后，屋子里顿时陷入了寂静，只有我的哭声穿过堂屋，穿过大嫂的屋子、二嫂的屋子、三嫂的屋子，在幽暗的灯光下肆意回荡。父亲的骂，仿佛是对我的鼓励，仿佛是给了哭以特殊的权力，我的哭愈加地恢宏、响亮，以至到后来传到窗外，变成了游荡在窗外的一丝夜籁。这是我从小到大最放纵的一次哭，我之所以如此放纵，是我第一次感到了前途的渺茫和黑暗，我在那样黑暗的瞬间里，再也不像从前那样自信自己不属于乡村了。

还好，当我的哭声变成一丝夜籁，我感到一直堵在心口棉絮一样的东西在松动，我不再那样郁闷了，因为此时，我的手在柜盖上摸到了一支笔……

几年以后，当我因为一支笔从乡村走出，又在后来报考辽宁大学中文系汉语言文学专业函授学习，获得大专文凭，我深深懂得了绝处逢生这个词的内涵。

制镜厂

制镜厂在小镇街道下游,地处小镇的另一个中心,距老港、老剧院、老市场、露天剧场都很近,是一幢清末留下来的高脊青砖灰瓦房,共五大间。它的前边有个院子,后边有条通向老港的街道,据说五十年前是个卖鱼的货栈。

其实童年跟父亲赶集,十几岁同女伴逛街,回乡务农时偶尔的上南碱滩插秧,是经常路过这里的。这里的一切,应该说熟悉得不能再熟悉。然而当时,因为无法知道这里还隐匿着一个命运中的制镜厂,熟悉也只是宏观的熟悉,成片的大面积的熟悉。比如你只能知道左边有一片矮房,右边有一面高墙,前边有一条小巷。至于那矮房住了多少家,那高墙里挡着什么,那小巷通向哪里,是断然不可能知道的。

制镜厂是我生命中的新大陆。它对我的重要一如院子、前门、后门、小夹地、南王庄对我的重要。院子、前门、后门等一应地理,在我没发现之前,就已经存在了,而制镜厂的存在,和我对它的发现是同时的。也就是说,发现它时,它还没有一个形状,还没有成为一个物体、一个事物,在我来小镇制镜厂报考时，成立制镜厂还只是街道党委书记刘福安心中的一个想法。

刘福安，他如今早已不在了，他才活到五十几岁就患肝病离开人世。这个人当初在我生命中的着陆，是我的福分，也是我的宿命。没有这个人，就没有制镜厂，没有制镜厂，就没有我后来的婚姻以及由婚姻演绎的道路。至于他怎么就萌生了办制镜厂的想法，我想，这大概也是他的宿命。

最初发现这个悬于空中的新大陆的人叫张娥，她是我在小镇做家属工时的工友。高考落榜一年以后，我在哥哥们的努力下，做了哥哥农机修配厂的家属工。我和另外几个工人家属，在铸造车间南边的空房子里挥舞铁锤、扁铲，清理铸件里的沙子，断续厮守了两年。她是小镇人，比我大二十多岁，她和所有小镇家属工的不同在于，她有忧伤。在我一心想超越小镇，却一直也没能超越，因而对小镇一直怀有抵触情绪的日子里；在我一心向往美好前景，却一直也摸不到美好前景边缘的青春时节，忧伤，是最能抚慰我内心伤痛的一剂良药。我不喜欢乐观，我排斥开朗，我认为那都是小镇人的优越感所致，都是小镇人不知人间愁滋味的没心没肺。确实，我认识的那些小镇家属工，李敏、赵秀兰、赵淑芝等，都属于乐观开朗那种性格。张娥为什么忧伤我不知道，我只知道当她因为某个人的身世泪流满面时，我内心有一个不被别人知道的地方被濡湿了，我的被冷漠的外壳包裹着的柔软被击中了——这是非同一般的撞击，因为我心里一直存放着奶奶的话：咱们是农村户口。我从没有当面向她表示过感谢和感激，但我相信，一个人对另一个人的好感是藏不住的，就像春天是藏不住的一样。不然没有任何理由能够解释她对我的惦记。

那是一个春天的黄昏，那是青春时节最最沉闷、压抑的春天的黄昏。因为修配厂取消了家属工制度,我被解散回家。做了两年工人的我,突然回到家中,就像一个见到光明的人重又回到黑暗。其实那两年工人比下大田还要累,那干活的屋子没有天棚,漆黑一团,可是因为一早可像哥哥那样骑车离开山咀子,那其中的光亮,便只有我自己能看到。那个黄昏,我把突然沉寂下来的所有苦闷都缝进了手套里。我坐在房后屋檐下,一针又一针——那是从大嫂那里学来的手工活,缝一副可得三分钱。我缝着,有如在寂静中祈祷一般,有如在寂静中诉说一般。在那段从光明回到黑暗的日子里,针和线是我诉说和祈祷的唯一语言。就是这样的黄昏,我身后的自行车响了,二哥回来了。

在我不需要什么消息的童年,我每天都盼着小镇上班的哥哥们回来,在我特别需要消息的后来,反而对哥哥们的回来不再敏感了。童年时不厌其烦地盼望,是因为不会失望。童年的盼望,只为了那时那刻的心情,是虚的,只要哥哥们回来,那心情就不请自到;长大后不再盼望,是因为害怕失望。长大后的盼望,是为了一个实实在在的从天而降的消息,是实的,这样的消息,哥哥天天回来,也带不回来。就在我对哥哥下班回家的自行车声早已失去敏感的那个黄昏,二哥叫住了我。

二哥说,芬,温电工家的捎信叫你去一趟。我抬起头,没有转身。温电工家的,就是张娥,她丈夫姓温,是修配厂的电工。二哥又说,叫你明天下午一点整,在东街道革委会门口等她。我仍然没有转身,但捏针的手指哆嗦了。

事实真的如经验告诉我的那样,好的消息,在你忘掉期盼时,它自会到来。实际上,二哥的口信里,没有流露丝毫让我欢欣喜悦的字眼儿,可是不知为什么,二哥说完,我的手激动得握不住针了,我一下子就预感到有什么事情要发生了,是那种好的事情。

我是怎样熬过了夜晚又熬过了第二天上午的,我已经忘了。我只记得,我穿着从不舍得穿的蓝格的确良上衣,灰的确良裤子,我的脚步飞一样轻盈,我在走到小镇柏油路的街道时,小镇主人的感觉油然而生。张娥见到我,比我还要激动,她的忧伤在那一瞬间突然变成两只蝴蝶,从她的瞳孔扑棱棱飞走了,占据她眼睛的是蓝天一样的明朗与欢乐。不过,这一点关系也没有,此时此刻,她的明朗欢乐不但不能伤害我,反而像昔日的忧伤一样滋润着我的心田,使我感到很少有过的温馨和温暖。她把我拽到街道办公室窗外,笑着跟我说,街道要办制镜厂,想招画画的工人,你不是爱画画嘛,我都把你介绍给他们啦,一会儿就进去画给他们看看。

事实上,这是一个相当关键的时刻,张娥之所以轻描淡写地跟我讲,只是为了让我放松。我真的就如张娥希望的那样,十分地放松,我甚至在走进办公室时,四下里好一顿打量。我看到屋子里挤满了很多人,很多人的目光都好奇地朝我射来。

这一屋子人当中,监考的,就两个人,刘书记和孟书记。刘书记就是与我命运倏忽相关的刘福安,他上下打量一下,之后与我握手。当时,我无法知道,就在这间狭小的办公室里,还站着一个在我的生命中,比张娥、刘福安更重要一百倍一千倍的人。他是一个如我一样前来寻找机遇的青年。就像我并不知道他的出现,对我将意味着什么一样,他,也并不知道我的出现,对他将意味着什么。事实上,这间狭小的屋子,这个简单的招工考试的仪式,就是我和这个青年人生戏剧的开幕式。刘福安是这出戏的总导演，张娥和这个青年的姐姐，分别是这出戏的编剧，因为他是他姐姐引到考场的，就像张娥把我引到考场一样。

事情显然不像我预期的那么简单，考试当然很简单，给你十二种水彩，让你画一幅水彩画。花鸟虫鱼，无所不可。我所说的不简单，是说那个青年几笔下来，就画完了一幅墨竹。他没用水彩，只蘸了一点点墨，一株竹子就在雨雾中栩栩如生。他画完，我彻底傻了，他的竹子活了，我的荷花却在我的笔下一下子枯萎了。我的荷花枯萎了！我绝望极了。多少年来，我一直不忘那次考试之后我的绝望。我的绝望是彻底的，不留丝毫念想的。因为那个青年的笔锋太利落太灵动了。我记得，为了掩饰我的绝望，临走时，我说了一句十分拙劣的话，我说，走，回去念函授。我像一个挨了母亲打的孩子哭够了，转身对别的孩子说，你看，我还有铁蛋呢，你有吗？此时，我告诉自己，也告诉那个青年，考不上不要紧，我还有函授呢，你有吗？

所谓函授，指的是辽宁大学中文系汉语言文学专业的函授教学。那是当时全国第一家函授大学，得知有这样一所学校，算是一个奇迹。那还是我在山咀子当妇女队长的时候，公社搞"五好"家庭讲用（介绍经验的意思），我代表我的母亲讲了她在大家庭中的忍耐、包容、任劳任怨。由于一切都来自真情实感，也由于我长期的在日记里进行写作实践，我的讲用打动了在场的很多人。我的讲用打动了很多人我是知道的，我的讲用打动了一个叫张忠良的青年我却不知道。让我不能相信的是，事隔两年，当这个叫张忠良的青年在一个报纸上发现一则大学中文函授招生广告，竟亲自骑车找到我的家。

这看上去有点像虚构，有不真实的感觉，然而它确实是真实的。这样的真实我只能将它看成是我命运的奇迹。他将这样一张报纸放到我的面前时，告诉我，我的讲用打动了在场的别人是因为故事和情感，而打动他则是因为我的文学素养。他说他从我的表达上看到了我的文学素养，所以希望我能有所长进。那是我第一次听人夸我有文学素养。后来我知道，当时他正夜以继日地做着作家梦，能够记住我并四处寻找我的热情，都来自一个梦想。我是说，当一个做着作家梦的青年把他的梦想燃烧到我的身上，那梦想便成了我怀里的最后一张王牌。

我还有函授呢！是退路，也是出路。

然而，我即使再有梦想，也不曾想到，这句在我下意识中脱口说出的孩子般天真的话，不但缔结了我和另一个人的姻缘，且成了支撑我们后来生活的一句最经典最有分量的语言。它不但经典而有分量，且什么时候提起，什么时候都会让我忍俊不禁。

当时，我一点不觉得这有什么好笑。我的希望破灭了，我只剩下这唯一的指望了，有什么好笑呢。当晚回家，打开函授课本中屈原的《离骚》，一边读，一边泪如雨下，"路漫漫其修远兮，吾将上下而求索……"然而，正当我因绝望而一门心思扑在函授学习上时，我得到了被录取的消息。消息照样是由二哥在黄昏时分带回来的，那照样是一个我对二哥的下班没有任何期盼的黄昏，与前一个黄昏不同的是，从我手中掉下来的不是针线，而是古典文学课本。

事实上，凡是参加考试的，都录取了，因为纵是方圆几十里外，会画画的人也并不是很多。事实上，促使刘福安痛下决心的，不是那个在我看来笔锋灵动的画墨竹的青年，也不是我，而是一个叫何桂英的乡下妇女。她三十多岁，一辈子没有离开过乡村,可她一只手可同时拿无数支彩笔,她笔一动,一瞬间,就能在玻璃上画出枝叶繁茂的牡丹,一群向深水游动的金鱼。也就是说,最后成就我和那个乡下青年走到一起的重要人物除了张娥、刘福安,还有何桂英——她其实成就了我们所有乡下青年,她真正点燃了刘福安新官上任的第一把希望之火。

那是一个怎样光辉灿烂的五月啊,我再一次骑上了自行车,再一次像做家属工那样,一早迎着朝霞驶向小镇,一晚迎着晚霞返回东山岗。同在小镇,在修配厂做家属工和在制镜厂做画工是大不相同的。做家属工是附属品,是在别人厂子给人打杂,可有可无;在制镜厂做画工是正品,是在自己厂子做厂子的主力,是不可或缺。修配厂在镇街的北边,属上游,到修配厂上班无须穿过镇街,到了镇边,也就到了厂子;而制镜厂在镇街东南边,属下游,上班时必须穿过镇街长长的街道,等于一直穿过了小镇的心脏。穿过小镇心脏,这可是太美妙了,这意味着我们这些乡下青年,每日都要在小镇人眼皮底下招摇过市,我们是演员,小镇人是观众。小镇人什么时候成了我们的观众!当然,更美妙的是,作为小镇的主力,当你一早从四面八方的乡下来到小镇,穿过小镇心脏,一晚又回到四面八方的乡下,你觉得你不仅仅是一个在小镇上下班的画工,而是国家这个肌体里的一滴血,是那血中的细胞,如同当年从城里下来的下乡知青。

知青的来与回,是一年一次,我们的来与回,是一天一次;感受知青的来与回,是一个局外的角度,有旁观的意思,心里生出的是对别人的眼红和羡慕;感受自己的来与回,则完全是自己打量自己,有让自己心灵显影的意思,生出的是自豪和骄傲。

原来,我们什么都不是,我们只是流落荒野的一株小草,原来,我们只驻扎在一处,囤积在一处,我们不动,动,也只是在孤寂的乡街与土道上,大田与甸子上。现在不同了,现在,因为一个叫着刘福安的书记的开放意识,我们变成了青堆子镇东方红街道制镜厂的工人,我们变成了国家这个肌体里的一滴血。我们动了起来,我们在乡村与小镇之间的道路上来回流淌,我们掀动了道边的风,风中的尘土,尘土中的落叶。我们也有不动的时候,比如当我们进了我们的画室,拿起了我们的画笔,让一枝枝玫瑰、牡丹、山茶、荷花在玻璃上开放,我们的屋子,便只有喘息的声音了。我们不动了,我们静下来了,可是此时,我们的不动比动还有震撼力。

　　因为我们是诞生在小镇上的新生事物,我们在不动时,掀动的是制镜厂四周的小镇居民,掀动的是东街道以及青堆子镇上的所有领导。小镇居民纷纷围在打开的窗户上,目不转睛地盯着我们,嘴里不时叹道,看人家孩子,多巧!以刘福安为首的街道领导,每天都要带着镇上领导前来观看。他们一来就站上半天。尽管我们初涉玻璃画,还有些陌生,但那毕竟不是创作,那只需一点匠气就能完成的手工活,对我们这些略有美术天赋的青年人实在算不得什么。领导们长久地站在我们背后,他们脸上喜悦的样子好像我们是一群天才——应该承认,刘福安最初要办厂,是为了适应改革开放的形势,抓项目赚钱。可当聚拢了我们这样一帮心灵手巧的家伙,他脸上的喜悦就无法不变成作为父亲才有的喜悦了。

　　骄傲是一种情绪,情绪是一种看不见摸不着的气体,它在你肌体里蹿动、鼓胀时,你觉得你的胸腔、腹部、后背、四肢,一下子轻盈起来,飘动起来,那是我平生第一次体会到骄傲的滋味。当骄傲深入了肌体，变成了一种气体，你体会的就不再是气体，而是流淌在血管里的一滴血！这是一次多么巧妙的置换，我因成了国家这个血管里的一滴血而骄傲，骄傲最后又成了流淌在我血管里的一滴血。在那样的日子里，我早已忘了奶奶的话，忘了户口，忘了曾经萌生的背叛小镇的梦想，我不但完全把自己看成小镇人，且看成比小镇人还要优越的人。因为不是所有小镇人，都能如此被小镇领导看重，不是所有小镇人，都有机会外出学习。

到制镜厂上班一个月以后，刘福安带着我、那个画墨竹的青年、何桂英、王华、木匠孙世金，一同到丹东学习考察了一次。

这是一次多么重要的机会啊！多年之后，回首往事，我一直觉得那机会不是刘福安给的，而是上帝给的。它对我的重要，不在于让我结识了城市，开阔了眼界，学得了有关画玻璃画、制水银镜的技术，而在于它让我第一次照镜子一样清晰地看到了那个生长于内心深处的爱情的须芽。

那是六月的正午，我和王华惆怅地踽蹒在鸭绿江畔。刘福安带我们在丹东制镜厂观摩几天后，率其他几人返回，只留下我和王华在那里学习制版。因为丹东制镜厂严格控制技术外传，我们只有等到晚上，到制镜厂的制版工人家偷偷学艺。我们仿佛专门夜间作案的贼，一到白天，就闲散起来。闲散使我们一日比一日惆怅。我和王华都是第一次进城，可是城市并没让我们生出兴趣，我们因为舍不得花钱吃饭老有饥饿感，我们因为饥饿而不喜欢城市，而想家，而惆怅。我们在惆怅时，只有一遍遍精神会餐，我们讲锅里的地瓜和土豆，讲地里的大葱和茄子，讲着讲着，惆怅就变成了一腔垂涎欲滴的口水。当惆怅变成了口腔里的口水，我们又改变话题，讲我们曾经压抑在地垄里的理想。曾经，我们那么想当画家，想当作家，我们那么想离开农村，到大城市里做一个在外的人……这其实是真正意义上的精神会餐，在那样的时候，我们感到我们的心离得是那么近，我们仿佛变成了一个人，我们的惆怅把两个人变成了一体，一个人。

起初，我们的惆怅是一体的，是不能分离的，是谁也离不开谁的，可是十几天以后，我发现，我们的惆怅分开了，我们两个，不知什么原因，就从彼此惆怅的蛛网上脱落了，我们再也不在鸭绿江畔精神会餐了，不但如此，我们还谁也不想跟谁说话了。我们两个人隔着距离，分别坐在江畔的木椅上，神情恍惚地望着江对岸朝鲜的土地。这样的局面，真的不是我们想要的，可它就这么不由分说地来了。造成这样的局面，好像只因为一句话，那句话，是在我们肆无忌惮放飞我们的理想时说出的，那是一句有关爱情的话。我说，你有过关于爱情的理想吗？王华说，当然有。我说，你的理想是什么？王华说，我只希望我爱和爱我的那个人是高个儿，你呢？我想了想，随口附和了一句，我也是。我们关于爱情的理想很可怜，只停留在个子上。其实那根本不是我们理想的全部，个子的高矮，只是我们爱情理想的一部分。后来我知道，王华说出那样的话，是因为她已经被一个矮个子青年爱得很痛苦。我那么附和，是因为经王华一说，突然发现，正有一个个子不高的青年浮出我心灵的水面。

在那遥远的异地他乡，当饥饿和孤独袭向我们的时候，两个并不符合我们理想的人，从我们的心灵上浮现来出，抚慰着我们饥饿、孤独的灵魂。也许，这跟饥饿、孤独毫无关系，那只是一对青春少女不可抗拒的怀春季节，那个季节因为远离了家，远离了现实的环境,而使原本模糊的形象一下子清晰起来,有如干枝悬挂的果子。后来我知道,那个悬于王华眼前的果子,早在她上高中时,就挂在她青春的枝头,与她心中的理想做对了。他是一个从大连下放到乡下的"五七战士"的儿子,和王华是同班同学。他爱王华爱得不行,却一直没说,回城后才用书信向她发起猛烈进攻。王华说,在学校时,她对他毫无印象,可是不知为什么,那些信让她无法释怀。事实上,不能否认,她对他的印象是建立在距离上的,又是由文字跨越的距离,又是由大城市和乡村架构的距离。作为内心有着浪漫情怀的乡村女子,我们对城市都有着难于抵御的向往,她的不能释怀,其实更多的是因为对于城市的向往,只是当时的她无法知道而已。

她搞不清自己为什么不爱他,却还要想念他,还要因他而惆怅,我却在企图帮王华理清事实的思考里,一点点看到了悬于自己枝头的那只果子。他个子不高,相貌算得上英俊。他嘴唇很厚,唇上蓄着淡淡的胡子,他穿着一身蓝的确良制服,帽盖总是方方正正。他很少说话,也很少笑,他不苟言笑的样子反而显得胸有成竹——他确实能够画出很多状态下的竹子,风竹、晴竹、雨竹、露竹,他就是那个考试时画出墨竹的青年。

我们的惆怅分开了,我们都有了属于自己的惆怅了,当那惆怅不能彼此交流,一个叫思念的东西,便蜘蛛织网一样织满了我们的心灵。它在王华心里边是什么样子,我不知道,它在我的心里,是层层叠叠的,是吐十米吸回五米最后又吐出二十米的,它之所以有进有退,是常常吐着吐着,就会想到原来的理想——这理想跟个子无关,而跟小镇有关。自从高考落榜,我就树立了背叛小镇的伟大理想,我如何能在小镇恋爱?然而,当这理想钻出来，企图挡住我的思念，我的思念竟会在停顿片刻之后，形成更加迅猛的气势，冲击着我情感的堤坝，使思念的蛛丝一吐千里，愈发地不可收拾。

我在一部叫着《春天的叙述》的小说里曾经写过，爱是抵挡不住的，爱无需理由，它只是一种气息，一种化学反应。一个月以后，当我从丹东回来，回到制镜厂，走进制镜厂的院子，我觉得皮肤上所有的神经都通了电一般。其实，这时节，我跟画墨竹的青年没有任何对话，没有任何眉目传情的细节，可是我却分明感到，在分手的一个月里，他也如我一样在思念着我，我还感到，不管多么思念我，我走进画室时，他都不会看我。

事实正是如此，我走进画室，何桂英站起来拥抱我，后考来的小娄、张连基都热情地与我打招呼，唯他冷冷地看我一眼，默默不语。我们的默契，就从这一刻开始了。我们的恋爱，就是从这无语的一刻，轰轰烈烈地开始了。

所谓轰轰烈烈，那只是心里的事情，外表上，我们十分安静。事实上，自从丹东学习回来，我再也没有和他在一个屋子里作过画。我和王华学成套版印刷之后，从画室搬出，搬进与画室一墙之隔的西屋，成立了套版印刷车间。然而，这种形式上的隔，更强化了心灵上的近，它使被厚厚墙壁隔着的声音，拥有了天籁一样的美感，并且每每听到，都让我不设防地面红耳赤；它使响起在门外的脚步，无论多么零乱，都有着异常清晰的节律，使我每每听到，都没来由地心慌意乱；重要的是，它因为目不能及，而使思念的触须犹如绿色的藤蔓钻出门缝，爬过院子，在另一间屋子的门框上茁壮成长。

终于，一个乡下青年穿过小镇心脏时涌动的骄傲，被另一种东西替代了。这另一种东西不是骄傲，是日复一日的期盼，是日复一日的由失望到希望，由希望到失望。下班让我失望，上班又让我充满希望。这另一种东西不是骄傲，却比骄傲更容易渗进肌体、骨骼、神经，形成活跃在血管里的血，滋养着我的人生。

那个画墨竹的青年，他叫张申。在此之前，我除了知道他家住在小镇边上，他的姐姐在镇手套厂当出纳，他的父亲在县城供销社当售货员，其余一无所知。他家住在小镇边上，却不是小镇人，他住的那个村子叫沈屯。制镜厂所有工人上班，都必须穿过小镇心脏，唯他不用，他差不多就来自心脏，他只需步行。然而，正因为他不必穿过心脏，从相反的方向步行抵达制镜厂，上班时，我们才有可能碰个对面。

碰个对面——这对我们可是太重要了。

我们谁也没有暗示过谁，可是每早七点二十，我们都雷打不动在制镜厂门口相遇，有时我比他提前了几步，我都要拐进院子了，他才从前边出现，这时我就在放自行车时故意磨蹭时间等他。有时，是他提前几步，他已进了院子，我才从后面跟来，不过，你一点也不用担心他没有自行车磨蹭不了时间，他会故意往木匠铺走一圈再转回来。我们精心设计安排着早上的一见，我们见了却只是会意一笑，如工友之间的会意一笑。然而，这一笑，仿佛升在心头的一轮太阳，会照亮一天的心情。

为这一笑，我一早从山咀子东山岗出来，目不斜视，耳不旁闻；为这一笑，我在穿过小镇心脏时，不但不觉得是在穿过小镇心脏，且对刘福安这样生命中的恩人视而不见，对何桂英、王华、娄永君等同行的相遇视而不见。在一个人的笑像太阳一样升起在我心中的日子里，我生活周边的所有一切，都躲进了阴影，如地球遮住太阳的光芒，使月亮躲进了暗影，什么乡村、小镇，什么街道领导、乡村同行，所有的一切都从这个世界上消失了、不存在了，只有一个人占领了我的世界，成了我的全部。

这是所有陷入爱情的人都要经历的过程，在这样的过程里，他们会愚蠢地认为，世界上就两个人。然而，就在我陷入这个过程，在这个过程中享受初恋的甜蜜的时候，一件事情发生了——我接到了外出函授学习的通知。

在我报考辽大中文函授的时候，我是清楚地知道。所谓函授，一年里还要有一两次面授的，当初吸引我报名的，正因为有面授，有可以像大学生一样听老师讲课的机会，可是在我没有面授之前，我一点也不知道，它究竟能给我的生活带来什么。

外出面授，给我的初恋带来了一次小小的分别，这是显而易见的。可是，我想说的不是这个，我是说，当我真正坐上汽车离开小镇，与制镜厂有了距离，当我真正来到瓦房店师专，坐进课堂，听到来自大学教授的声音，我的那个曾经背叛小镇的理想又回来了。那个理想，仿佛一只藏于瓜叶后面的瓢虫，一遇冷风，就箭一样飞了出来。其实那一次外出，我并没获得多么好的对于外面世界的感受，相反，倒是处处受挫、处处碰壁。比如为了省钱，两毛钱一碗汤我非要买半碗时，服务员用白眼久久地瞪我；比如为了避开县城那些同学，独自坐公交车，坐过了两站，结果整整晚了一堂课；可是奇怪的是，这碰壁不但没有让我死心塌地回到小镇制镜厂的那份爱情里，反而让我拥有了俯视俯瞰这份爱情的眼光。

这实在是要多糟糕有多糟糕的事情，这是1980年9月，我因为暂时地离开了小镇，暂时地离开了现实生活，而再一次找回了背叛小镇的理想。它的找回，也许恰恰跟在外面世界的处处碰壁有关，越是碰壁，越是对自己的现状不满，越是不满，越是想让自己有个飞跃，有个冲刺，可俯首一看，自己已经在小镇恋爱了，恋爱了可怎么飞跃呢？

那是一个和所有早上都没有什么不同的早上，曙光照常映满东天，小镇的影像在自行车的轮转中，如风一样扑面而来。可是那个早上，在我心里，与以往可是大不一样，我看到了另一个我，她跳在我的躯体之外，不停地告诫我，你不能这样，你还有前景。我一路车速很慢，我故意不停地东张西望，故意错过七点二十这个时间。我故意晚到，并且一进到车间再也不出来。我不出来，也不让自己静下来，我一边干活，一边不停地和王华讲话，讲在城里学习的见闻，讲城市的好、学习的好、大学教授的好。当我发现，一讲城市的好，王华就陷入一种惆怅，我便不再讲，我开始了唱。王华最愿唱歌，我一引，她就跟着唱起来。我们唱"边疆的泉水清又纯"，唱"军港的夜啊静悄悄"，唱"手捧美酒望北京"，我们还会许多邓丽君的歌，可是在这样的时刻，我们坚决不碰邓丽君，她太柔情蜜意了。我们，主要是我，不要柔情，更不要蜜意，我要明朗、坚硬。干活时，我和王华一起唱，中午下班，王华回家吃饭，我就一个人唱。一天、两天、三天，第三天中午，我一个人在屋子里正如入无人之境地唱着，突然，屋子的铁门被拽开了。

铁门被突然拽开，我没有半点准备。可是，当那声哐当的门响撞击耳膜，一瞬间，我就知道要发生什么了。

我停止歌唱，直视破门而入的那个人。几天不见，他的面容憔悴得不成样子，他的眼窝有些发黑，他走进来，目不转睛地盯着我，像一个警察盯住一个小偷。他盯住我，脸上初始映现的是激动、是愤怒，他为了强忍着自己不把胸中的怒火喷出来，嘴唇不住地抖动。不知过去多久，他稍微地松弛下来、平稳下来，他说，大孙——他那时叫我大孙。他说，其实我不想说，可是想一想我还是要说。他的目光渐渐从我脸上移开，转向后窗，他眼睛看着后窗时，眉宇间开始扭曲。他说，第一次见到你，我就爱上了你，可是，第一次见到你，我就知道你有函授，就知道你早晚会出去。

我看着他，不语。我想是的，我是说过我有函授，那是怕自己考不上。他又说，出去就出去，不要这么欢天喜地，我受不了……

其实，我早已经泪流满面了，我早已为他的破门而入备好眼泪了，我已经等待得太久，我已经苦不堪言了。然而，我想不到的是，当他曲解了我，说我的唱歌是欢天喜地。当我发现他决意在心里放弃我，我的心一下子刀剜一样疼起来，我再也顾不上什么浑蛋的理想了，毫不犹豫就走到他的面前，与他紧紧拥在一起。

这是我平生第一次与异性的拥抱，它比我想象的时间来得要早，它之所以早来，是因为我对感情的控制。如同在丹东的日子里，越是控制思念，思念越势不可挡一样，是控制使我的行为有了超前的突破。

依住我的肩，他说了一句让我一生都不会忘记的话。他说，知道吗，那一回听说你要去学函授，我的心一下子就疼了。我回家好一顿查字典才搞明白，函授原来是以通讯辅导为主的教学，是业余大学的意思，从此，我到处打听还有什么函授学校，我也想念……

因为这句话，我再也没有萌生放弃他的念头，不管那个浑蛋的理想冒出多少次；因为这句话，在我后来发表作品被保送到省城上学，函授毕业获得文凭，改变了农村户口的日子里，不管有多少好心人劝我解除这门婚事，我都没有丝毫动摇。不但如此，后来，我又供他出去上了学，我们一同成了小镇的背叛者。

多少年来，我们彼此相依着向前赶路，每当遇到什么困难，他就用嘲弄的方式安慰说，别怕，咱有函授呢！

在我们的字典里，函授已拥有了全新的解释。

每当这时，我就用拳头擂他，之后捧腹大笑。

1996年10月，我们举家迁进大连，我和王华在我的家中约见了一次。这是我们分手十几年后的第一次相见。我们都有了孩子，都有了漫长的人生旅途，我们都从少女变成了中年女人。我们的谈话内容，却还停留在从前，停留在制镜厂。我们谈刘福安，谈何桂英，谈鸭绿江边的惆怅。她说，真想不到，你能嫁给张申。我说，我也想不到，你能不顾城乡差别敢嫁给一个城市人。她说，我一点也没有想到，我那么喜欢大个儿人，却找了个矮个儿。我说，其实上天早就给我们安排好了，只是我们不知道罢了。

坟　地

事实上，在一个人活着的时光里，不管是在院子里，还是在街上，不管是在城里，还是在乡下，所有的道路，都是起点，真正的终点，就一处，那便是坟地。

这座坟地，埋葬了爷爷、奶奶、大爷、二大、父亲、四叔、五叔，也埋葬了村子里其他人的祖先。这座坟地，坐落在山咀子东山岗南端，默默地守候着山咀子四十多年。

我们孙氏家族的坟地，原来不在这里，而在几十里外的西大山下边，长白山余脉的山坡上。爷爷、大爷，爷爷的父亲母亲，都葬在那里。把孙家坟地迁到山咀子，还是奶奶生前的要求，她说她不要到荒郊野外，她要离她的儿孙近一些。奶奶去世是1985年，那年奶奶九十六岁。那年夏天，奶奶在院子里一不小心摔了一跤，夜里躺下，就再没起来，一躺躺了十二天，最后去世。奶奶的葬礼搞得相当隆重，因为要把爷爷的坟迁回来和奶奶合葬，要把大爷的坟迁回，葬到奶奶身边。出殡那天，山咀子整个屯街都站满了帮忙的人，应该说几乎每家每户都参与了这场规模空前的三个人的葬礼。从此，这里，就成了我的父辈们不变的归途。

1987年，我的二大爷在山咀子去世；1988年，我的父亲在小镇去世；1990年，我的四叔在营口去世；1996年，我的大姑在沈阳去世；1999年，我的五叔在北京去世。奶奶埋在这里，好像她受不了独自的孤单，把她的儿女一个一个都召了回去。现今，只剩下她的二姑娘——我的二姑还顽强地活着。二姑自从上了沈阳，五十多年，一次也没有回乡看过奶奶，二姑在沈阳看到家乡任何亲人，都欣喜若狂，唯独不提回家看奶奶，对回家的事守口如瓶。奶奶至今没有招呼她，或许正是生她没回家的气。

　　我的父辈们从山咀子的街和道无数次出发，走出东山岗，走出八里庄，途经小镇，走向外面的世界。他们中有的人，回来是持久的，出去是暂时的，比如父亲、二大爷和四叔；有的人，回来是暂时的，出去是持久的，比如五叔、大姑和二姑。但无论怎样，往外奔，都是他们一生的追求。二大爷往外奔，奔不动了，就一封一封给大姑写信，听表哥讲，二大爷在七十年代到八十年代，往他们家写的信像雪片那样多。父亲往外奔，奔不动了，又写不了信，就把国家大事挂在嘴上，为培养听众，不惜得罪村里那么多媳妇婆婆。四叔往外奔，奔不动了，最后跟儿女去了营口。那年四叔平反，儿女落实政策安排到了营口，四叔背后发誓坚决不离开故土的，可是儿女回来一叫，痛痛快快就跟去了。五叔一直在外边，却要在每一封家信中，都要大谈自己的创作成就，什么为大型画册《丝绸之路》设计的封面受到专家好评，什么为三峡出版社设计的徽章在几百人的竞争中一举夺魁，五叔从没停止向家人报告他如何为家乡争气的消息。往外奔，其实一直是父辈们心中的宗教，是山咀子每一个人心中的宗教，一如街与道的宗教。或许正因为如此，山咀子才越发变得衰败。可是，当一个人终于无路可走，不得不停留下来，坟地，是不是一种宗教呢？！

在这本书就要动笔之前，我专程回了趟老家，到坟地祭奠爷爷奶奶和父辈们。陪我来到坟地的是堂哥、堂姐和姐夫。堂姐一辈子崇尚在外，一辈子都想出去却一辈子也没能出去，我在一篇题为《在外》的小说里曾写过她。只要听到街上有外边人回来，不管多忙，她都要亲自陪着。与堂姐在坟地前烧完纸、烧完香、磕完头，堂姐说了一句让我十分意外的话，她说：奶奶他们好了，一百年一千年地守着，再也不用动了。我现在就和奶奶他们差不多，没什么意思，但还是得守着。没办法，为了儿女。

堂姐的话一瞬间让我震住，她的三个儿女，都在她的努力下，送到城里，在那里经商打工，因为是勉强相送，没有足够的文化、势力的铺垫，让她很是操心。堂姐操心，却帮不了他们一丝一毫。我长时间地看着堂姐，看着坟地，一个念头突然涌上我的心头，如果说堂姐的守候像地下死去的人，那么地下死去的人的守候是否更像活着的人呢？当他们无法改变什么的时候，坚强地守候下去是不是一种伟大的信念呢？！如同母亲对院子的守候，如同父亲对前门的守候，粪场对季节的守候，场园对命运的守候，小夹地对痛苦的守候，南甸子对时光的守候。它们看上去是不动的、凝固的，实质动在内里，活在其中；它们看上去是死的，其实是另一种生……

是这样吗？

难道不是这样吗？！

2002 年元月 18 日于大连鹏程家园

我喜欢朴素的力量

——与孙惠芬对话

姜广平

一

姜广平（以下简称姜）：你从 1982 年开始写作，那时正是先锋文学极盛的时期，你对先锋文学持何种看法？

孙惠芬（以下简称孙）：没有看法。我当时根本不知道什么是先锋。严格说来，1982 年，我都不知道自己是在写作。这绝不是耸人听闻，那时我刚刚初中毕业，还在农村田里劳动，发表的作品，是我的日记，是在一个偶然的机会，看到县文化馆的征稿启事，摘抄日记投过去。当时在乡下，很少能看到各类杂志。知道马原、余华、格非这些名字和读到他们的作品，还是几年之后的事。

姜：你是从什么样的情况下开始写作的？很多作家开始写作时总会有一个或几个作家作模特儿，你有吗？

孙：我的写作，有点像赌博，我虽然从没赌过，但我想那情形差不多相似，比如你赢了一分钱，就还想赢。我的日记得以发表，就想一定再写一篇发表，再写一篇得以发表，就还想再写一篇。一篇一篇写下去，就写出一条路。在写作的最初，这条路通着哪儿，根本无从知道，也不可能去想。但是要知道，想一篇一篇往前赌，一直像写日记那样写是不行的。实际上，也是赌的心情，让我不得不开拓自己的阅读，而恰是这开拓出来的阅读，让我的创作意识一点点觉醒，我对自己越来越不满意，是这个时候，我开始有意模仿，那是一个没法回避的过程，这个过程对我后来的创作很重要。

姜：你觉得中国哪一位作家使你最产生兴趣。而外国作家，你最喜欢哪一位？

孙：在我最初写作的时候，对我影响最大的作家是沈从文。那是1983年，在小镇文化站工作的男朋友——现在的丈夫，从县图书馆弄来一本《沈从文散文选》，那本书，因为遭水淹被图书馆淘汰。以他当时的鉴赏能力，他无论如何不可能知道这部书的艺术价值，但就莫名其妙地被他当成表达感情的信物送到我的手里。翻开第一章——"我所生长的地方"，我一下子就被吸引了。一个人，他生长的地方也会写到书本里？也会值得写？再细细读下去，"我的家庭""我读一本小书，同时又读一本大书"……一本小书向我打开，一瞬间，如同打开一片土地。因为它被水淹过，泛了黄，有着土地的颜色，更因为那里边的每一个字，都透着土地的气味，那分明是一片湘西的土地，属"边疆僻地小城"，可是当我一页页打开，却如同一页页翻过了我过去的日子，我身后那片辽南的土地。在此之前，从没有人告诉我，你生长的地方，是可以跳出来回头看的，是可以写到书本里的；从没人告诉我，你的童年，你童年见证的人与事、哭与乐，是有意义的，是可以与别人交流并产生共鸣的。我想，在我遇到沈从文的时候，我的阅读才真正开始，书对我的意义才真正发生。

后来，随着世界向我慢慢地打开，我不但读到许多中国作家的作品，萧红、鲁迅、钱钟书，还读到好多国外作家的翻译作品，这些外国作家是，艾特玛托夫、塞林格、杰克·伦敦、卡夫卡、马尔克斯、劳伦斯、西格尔、加缪、杜拉斯、福克纳、纳博柯夫等，但最爱的还是奥地利作家茨威格、英国作家哈代和意大利作家斯戈隆。

姜：你的写作历经的时间比较长了，你个人觉得你的写作历经了哪几个阶段？我一度认为你的作品有某种"自传体小说"的特色，到"歇马山庄"系列，你应该已经打破或者超越了原来的自己，实现了某种突破与突围。

孙：从发表作品那一年起，算一算至今已有二十多年。这并不是一个值得骄傲的时间，对于那些才华横溢的人来说，无论是创作道路还是现实的生活道路，二十年，都足够他们绕地球走上十圈，还会有余。而我，也就写了三百万字作品，且不见有多大影响，也就是从乡村走到城里，也不见得有多么遥远，不足三百里的长度。然而，二十年，在我的心理上，两端的距离可是太长了。城与乡，在别人眼里，也许只是一河之隔，一道之隔，可是它在我眼里、心里，却是隔了十万八千里。我在"城"与"乡"这个距离上循环往复、反反复复、进进出出的感情，绕地球二十圈也绰绰有余。从这个意义上看，我的写作，经历了这样两个阶段：第一阶段，由乡村到城市；第二阶段，由城市到乡村。也就是说，我个人的成长历程和心路历程，直接影响了我的创作。我最初写"城乡之间"，是因为我对城市充满向往，是城市既被我梦想着，又被我抵御着。而后来却不一样了，当我一点点因写作走进繁华喧嚣的城市，当我人在繁华喧嚣的城市还想着写作，我发现，乡村又变成了我在城市里的梦想，变成了我的怀念。也就是说，当理想变成了身边的现实，那曾经的现实又变成了我的理想。我的身体看上去离乡村世界越来越远了，可是心灵却离乡村世界越来越近了。所不同的是，我身体远离的乡村是一个真实的乡村，贫穷、落后、天高地远、日月漫长；心灵走近的乡村却是一个虚化的乡村，在这个乡村里，贫穷和孤寂助长了我的想象，使我写作的空间在逐渐扩大。

我是说，当城市还是我具体的理想时，我个人的奋斗不可避免要在我的写作里留下蛛丝马迹。而当乡村变成了我虚妄的怀念，那些关于乡村的想象毫无疑问要比原来深远和宽广。尤其随着外部世界的一层层打开，我笔下的世界，也更具有了较为广阔、深刻和复杂的模样。所谓突破和突围，其实来自个人站立的高度。

姜：在你的写作中，确实动用了太多的生活经验。我的意思是，你的小说大多都是依托于小说之外的自身的现实生活，有时候，我觉得你是一种有意，有意与你的读者玩捉迷藏，让他们无法断定哪一个是真实的你，或者你动用了哪一部分真实与多少真实。当然了，这是一种写作智慧。

孙：小说之外自身的现实生活，这说法很好。小说是小说，生活是生活，然而如果现实的生活跟写作者没有发生关系，那生活也就无法进入小说。我说的联系，指心灵的体认。人的一生，是不断地把未知变成已知又在已知中迎接未知的过程，而写作，正是对那些不可预知的人生的探寻。这种探寻，需要从不同的角度和侧面，每个人、每件事物，都有无数个角度和侧面，这有些像看景，横看成岭竖看成峰，是岭还是峰，要看你怎么看，你引读者这么看完又那么看，这无疑有点扑朔迷离，真假难辨。

姜：你是不是不太注重小说的技巧？

孙：是。我想，这世界上，永远有两种作家：一种，他们最初写作，是生活中不断有心得，不断地有话要说，他们写作，是因为有话要说；而另一种，他们很小就受到文学艺术的熏陶，很小他们就拥有当作家的伟大理想，他们写作，是想当作家。毫无疑问，我属于前一种。这一种作家的重要特点是形式的自觉远远滞后于内容的自觉，或者说在技巧和生活本身的力量方面，更注重生活本身的力量。这很难说是好事还是坏事。但事实是，长此以往，我便拥有了自己的小说观：好看不过素打扮。认为朴素能够直抵人心。我崇尚沈从文老先生的一句话：宁愿在文体之外死去，也不愿在文体之内活着。文体，不严格等同于技巧，但也差不多是一个意思吧。

姜：阅读你的作品，已经使我走进了你的真实的人生历程与这之外的孙惠芬的小说世界。系统化的阅读，使我知道作品中有多少真实以及有哪些是真实的。譬如，《春天的叙述》中的"我"，以及其他各篇中的"申玉贞"，可能都有了你的影子。你是否担心读者会用一种连续性的视角来读你的小说？

孙：之所以给了你"我"的影子穿行其中的感觉，我想，主要跟第一人称的应用有关，实际上那里边有太多的虚构。小说需要有说服力，有说服力的小说重要的一点是得让人觉得真实，就拿《春天的叙述》为例，那里边的公公在生活中并不是这个样子，他身上集中了我身边好多人物的特性，我把我在身边好多人物身上的发现拼到他一个人身上。这里边我的情感，其实完全服从于小说对"我"这个人物的需要。当然，作品中"我"的生活道路，跟现实中我的生活道路有相似之处，哥哥和婆婆等人物，跟我生活中的哥哥和婆婆有相似之处，他们可以说是小说的原型。但当他们来到我的笔下，又有了不可预期的完全属于又一个他们的成长方向。写他们的过程，和写公公的过程一样，是不断挖掘和发现的过程。至于读者是否会用连续性的视角，我不在意。同一个作者的作品，相当于同一个地方的风景，你读它，你身在其中，可能会不断有新的发现，但也肯定走不出边界。所谓发现，只是横看还是竖看的问题，倒是我有担心，我的小说横看不是岭，竖看又不是峰。

姜：其他人物可能也存在着这样一种连续性，譬如《春天的叙述》和《蟹子的滋味》中的婆婆这一形象。

孙：是的。《春天的叙述》中的婆婆，和《蟹子的滋味》中的婆婆，来源于我现实中婆婆这一原型，然而也仅仅是原型而已。在《春天的叙述》里，她是这样一个女人：从来没有自我，她的自我从来都附着在外来的声音和外边的消息上，只要听到外面有什么声音和有人在用声音传递消息，不管她在干什么，都要抽身跑出去。对过日子从来没有自己的想法和要求，其实这构成了她身上另一种强大的自我，那就是她不断地破坏着现行的程序和秩序，把日子搞得一塌糊涂。而在《蟹子的滋味》里，她仍然没有自我，她闻风而动，风风火火。然而她有了巨大的变化，为了维护与她尊敬的亲家之间的和谐，她隐瞒了自己的病情，克服着身体的疼痛，结果，她从未有过地建立了自己的尊严。实际上，生活原型在不断地利用中，有着不断地发展和变化。

姜：你如何看待生活经验与想象力的关系？

孙：这是很久以来一直思考的一个问题，因为不断看到和听到这样的说法，说你的小说如果太像生活，就证明没有想象。像生活，这涉及艺术真实和生活真实，涉及对生活的提炼和审美提升。有的"像"，是没有达到审美层次的"像"，是一种低级的写实；而另一种"像"，也写实，但那写实是洞察生活之后的提炼，它的特点是能给人带来审美的愉悦和对生活本质性的认知。这是完全不同的两种"像"，后一种自然是具备想象力的。我之所以思考，是因为有些人往往只把那种极力把生活夸张和变形的写作当成一种想象，只把那种超现实和魔幻的小说当成想象，这显然是偏激的。我忘记是哪一位作家说过，最高的想象是能在文字中建立一个真实的艺术世界。这真实，自然要超出生活经验，而艺术，也绝不仅仅是夸张和变形。

姜：一个真正的小说家的特征是：他不喜欢谈自己。关于这一点，米兰·昆德拉也有过类似的论述，在《小说的艺术》这本书里，昆德拉说及卡夫卡，他说，一旦卡夫卡本人开始比约瑟夫·K吸引更多的关注，那么，卡夫卡去世后再一次死亡的过程就开始了。可是，你在你的小说，随处都可见到一些至少带有你影子的人物，哪怕这些人物在小说不占据主要人物的位置，你也有时将他们纳入你的影子之中。这是为什么？

孙：我想，是不是可以这样理解米兰·昆德拉的话，或者说，是不是有这样两种可能，第一，昆德拉所说的卡夫卡本人，应该是指作者，而我小说中的"我"，或被称为我的影子，和作者无关，他们在作品中就是一个人物，他们谈论的，不是作者自己，而是那个人物的自己。第二，卡夫卡怕本人比约瑟夫·K吸引更多关注，是不是不单指一部作品。换一句话说，他的意思是不是担心作品的力量随着时间的推移在一点点减弱，最后只剩下作家的名字？如果不是这样，那我就不算一个真正的小说家。

姜：在这么多年的写作过程中，你都考虑过哪些问题？这些问题又如何推动了你的写作？这一问题是我在读过《蟹子的滋味》之后想起来的。你说过，这篇小说你写的是欲望的解放与控制。我觉得这是一个问题，一个你的问题。虽然这一问题的根基仍然是我们所非常熟悉的两个老人衍发出来的。当然，对这一点，我所能深切地感受到的是，你的城市情结与乡村情怀扭结得非常深。

孙：没错。前边说过，"城乡之间"的矛盾和冲突，是我一直绕不开的一个主题，在这个大的主题下面，对我来说，一个思考最多的问题是"日常"。日常，它在我的创作生命中应该说越来越巨大，因为我越来越感到，日常状态是人性中最难对付的状态。说它难以对付，是说突发事件总是暂时的，瞬间的，而人在事件中，往往因为忙碌，因为紧张，体会不到真正的挣扎。事实上，人类精神的真正挣扎，正是在日常的存在里，困惑和迷惑，坚韧和忍耐，使挣扎呈现着万千气象。在一个人面对自己内心的时光里，精神之树气象万千。昆德拉所说的人不能承受生命之轻，是不是也有着这样的意思。在《蟹子的滋味》中，我遇到的有关"欲望的解放和控制"的问题，正是生长在两个老人静静面对的日常时光里，还有《歇马山庄的两个女人》中的潘桃和李平，还有《歇马山庄的两个男人》中的鞠广大和郭长义，《一树槐香》里的二妹子，《狗皮袖筒》里的吉宽和吉久，等等。我想，日常，事实上最具有极端的质地。它跟时间和时光抗衡，是流动着的存在，无论是写作者的我，还是我身边现实的各色人生，都不得不在奔着希望和梦想的前行中，跟它持久地对抗。

姜：这个郁结于你心中的问题，如何推动了你的写作？

孙：应该说对"日常"的关注，对我写作大有益处，它一方成锻炼了我的心灵，使我能够在日常烦琐的事物中观察、分析，敏于思索；另一方面，它使我在承受日常极端考验的同时，越来越强烈地感到文学这项劳动在我生命中的重要、不可或缺，因为是它，也只有它，才是烛照日常引我前行的一盏不灭的灯火。

二

姜：《春天的叙述》这篇小说写得非常出色。也许，是你唤起了我们这一代人的某些沉睡的情感，我对这篇小说有一种爱不释手之感。

孙：这篇小说在《当代》发表后，被《小说选刊》选载，获了当期"拉力赛"冠军。后来接到许多同行朋友的电话，一个多年来我一直敬重的作家居然专门让朋友转告我她的喜欢，而另一个前辈作家读后跟我说，我让他老泪纵横。去年昆仑出版社编辑侯健飞，在出"汇报者丛书"时，读到这篇作品，电话里跟你说了同样的话，他说他好久没有读到这样的作品了，让他爱不释手。后来他把这部小说做了那本书的头条。

姜：这篇小说写的是公公，但对婆婆这样的女性的描写却让人感动。对婆婆的感情前后有着很大的变化。在这里，不是婆婆的性格有什么变化与发展，人物本身没有改变，改变的是"我"的看法与情感。

孙：这正是那篇小说"我"这个叙述角度的重要，不只是婆婆，那里边的所有人物都在我的叙述中发生了转变，公公、大姑、姐姐，包括一些几笔带过的人物，嫂子、母亲、父亲等。刁斗把这叫做"润物细无声"，并说这篇小说是典型"孙惠芬式的"小说，我倒并不知道自己是什么样的风格或有没有风格，但有一点是肯定的，我喜欢朴素的力量，喜欢情感中的"和平演变"。

姜：读这篇小说，我体会到你有一种执着的力量。你从人心或人性的缝隙里挤进去，打开了人心的一扇大门，公公内心的那道大门似乎就是这样被打开的。

孙："从人心或人性的缝隙里挤进去"，这说法太好了。我在前边曾经说过，我写作的理想是探寻人性未知的领域，要探寻，就是要像土地上的水，慢慢渗到庄稼的根部，就是要渗进去，要打开。我知道我在渐渐拥有这种能力，但不能说已经很行。

姜：这篇小说确乎有一种与亲情无关的疼痛。但它是不是想表达一种亲情以外的亲情方式呢？是什么原因促使你写下这篇小说的？

孙：我总觉得，人一辈子，与你有关系的人不会只有几个，而这关系，像婚姻，似乎都是上天的安排，说是偶然，更多的像是必然，说是必然，又完全地不可预知。写这篇小说，就是感慨这种人与人关系的不可预知。你想想，你跟一个人素不相识，却要从某个日子开始跟他在一起生活一辈子，而这个人的父母姐妹都跟自己有了瓜葛。那个春天的一个午后，一觉醒来，我看到了酷似公公后颈的儿子的后颈，就想我的儿子怎么能像那么远的一个人呢？那个人与我有什么关系呢？亲情到底是一种什么东西呢？于是这样一篇关于"关系"的小说就诞生了，是《春天里的叙述》，"关系"只是叙述的一个线索，内核还是对人性的理解和体谅。

姜：这个形象让我觉得特定时代给特定的人造成了不可逆转的命运。与其说公公是被欲念所害，不如说是一个时代将他的道德底线击垮了。当然这里也有人性的坚忍与坚守。并不是所有向往城市的人都会给自己带来这样的命运。

孙：我明白你说的道德底线，你是指小说里公公这个人物为了一个城里女人不惜放弃对儿女的责任，甚至不惜挪用公款毁坏自己的名誉。这确实是小说里的情节，但说起来这是一件很有意思的事，我原来小说里那个呼唤公公进城的知青点的知青古兆明，不是女的，而是男的，他是公公的朋友。公公追逐他，完全出于对城市的追逐，对现代文明的追逐，于男女情感无关。谁知小说在发表时，那个"他"被责编改成"她"，这一改发生了意外的变化，公公的追逐由原来那种单纯的对城市的追逐变成了对城市和情感双重东西的追逐，这其实不是我的本意。但是，我想，责编之所以这么改，一定是觉得那种单一的追逐不可信或者不可靠，一定是因为不可信和不可靠而误以为那是我的笔误。我在刚看到铅印稿时，很不能接受。但后来得到的反响是，没有任何一个读过小说的人认为那个知青该是个男的，所以我就在反思，是不是我个人的经历使我过于强化了城市在乡村人心中的力量，这力量在别人那里其实是很离谱的。不过，我还是觉得，如果把那个知青变成男的，会有更强烈的效果。

"坚忍的坚守"，是人性中重要的东西，但我觉得在探寻人性的写作中永远存在着两个方向，"坚忍和坚守"只是方向之一，另一个方向便是"打碎和打破"。前一种，是写人性的光辉，后一种则是写人性的脆弱，或者说是人性的局限。如果两种都是关怀，都是悲悯，那么是不是把局限写到一个极致，效果会更强烈呢？

姜：读完这篇小说后，我也如同小说最后所讲的，"泪光滢滢"。也许我们作为同龄人，对上一代的命运及人生历程有着某种共鸣，他们那一代人，其实比我们难。他们在努力的过程中，有着更多意想不到的因素在左右着他们。

孙：所谓的上一代比我们难，从对城市文明追逐的角度，我想是这样的。在我们和上一代人之间，城市文明和乡村文明的距离在大幅度缩小，这是不可逆转的。所以我就想，到我们的下一代，就根本不可能理解这种城市情结，读这样的小说不但不能"泪光滢滢"，反而觉得可笑。

姜：在《歌者》以及其他很多篇目里，我感受到你对远离土地后的恐惧。这里可能还不仅仅是远离主流社会的惶恐。我觉出了你面对真实的勇气与犹疑。现在很多作家可能在面对真实的时候，或者当触及真正的现实时，都可能缺乏某种勇气与艺术良知。这可能也是现在创作界呼唤面对底层的作品的原因。

孙：谢谢你这么说，这个问题对我很重要。远离土地的惶恐，远离主流的惶恐，面对真实时的勇气与犹疑，这是三个层次，需要一层层地说。首先，我得说前两种东西在我这里都存在。远离土地，这是很多乡下出生、成长的写作者都要有的经历，只不过我比一般人的感受要更强烈。这并不是说我比别人更爱土地，我从来就不觉得我爱过土地。奶奶、父亲和叔叔们不断把外面世界的美好带到乡下，我很小就对外面怀有向往，很早就对由土地做成的乡村生活怀有不满，然而越是向往外面，越是加深对周边世界的厌恶，越是厌恶，越是加深你对厌恶的周边世界的体会。根，就这样在体会中不知不觉扎下了。这有点像恨极生爱。关键是当你一程程向外面跋涉，发现外面的世界并不是你的想象，一步三回头就成了必然的选择。

　　再说第二层，我在《歌者》小说中写到的远离主流的惶恐。我想，这主流，与体制无关，而与你通过什么来感受你与体制之间的关系有关，是存在的方向感。比如在我很小的时候，就知道我的父亲关心国家大事，他天天半夜半夜地听半导体，我的父亲因为做过生意，"文革"中被打成"投机倒把分子"，被逼在村子里做挑大粪的活路，可是不管他的活有多么累，关心国家大事是他最重要的生活。他常说的一句话是，一个人，不知道国家的事你也叫活着？我的父亲，即使身在一个小小的村庄，也能够胸怀世界，也能够通过半导体找到活着的方向。他的这种情结也许缘于他的曾经见过世面，但不管缘于什么，这种东西深刻地影响了我。印象最深的是，我小时候一到晚上就盼望吹哨，因为一吹哨就意味着生产队里开大会，而一开大会，就肯定传达上边的精神。直到现在，我的在小镇上的大哥，百忙之中，也要关心着"中东局势""巴以冲突"。我是说，这种胸怀世界，其实就是在找寻存在的方向。我的父亲、我的哥哥、我，我们的日常生活无论多么琐碎、狭小，我们必须知道自己在世界中的位置，知道从哪里感受我们是国家这个血管里的神经。这方向，说起来宏观，但实际上相当微观，因为你在某个地方生活久了，你跟世界的关系就一定有一个具象的定位，比如你在乡下，那血管可能是半导体，是晚上的大会，是房屋后边通向生产队的道；而当进了县城文化馆、县文化局，那血管就有可能是一张创编室的小报，一次来自政府的活动。正因为如此，当有一天，我从县城来到人口密集的大城市，一下子惊慌失措了，我再也找不到与这个世界对应的切口。城市人口密集，淹没感突如其来。所谓悬浮，就是这种变化造成的，存在的方向发生了迷乱。我不知道有没有说清楚，我的脱离主流的惶恐，其实是迷失了存在的方向。

姜：那么第三个层次呢？

孙：你说的是面对真实的勇气和犹疑。我想，面对存在方向的迷失，我的犹疑、痛苦其实大于勇气。那是一段十分痛苦的时光，在那段时光里，我真的觉得自己就是一棵悬浮的稻苗，随时都有枯萎的可能。

姜：我深有感触的是，你的这篇小说里那种悬浮的感觉可能不是每一个人都能面对的。一个作家的力量在于心灵的力量，以及想象力的巨大和创造力的巨大。

孙：不敢说这是心灵的力量，只能说我尚有面对内心的能力。面对内心，这对我很重要，因为只有这样，我才能感受到作为一个最小的个体、最普通的个人的存在。所谓即使生活在小小的乡村，也要胸怀世界，其实就是让自己感受到个人的存在。而感受到感受不到，取决于你的能力。

姜：《歌者》使我想起你写了很多母亲的形象。在写作这一形象的时候，你有没有受到史铁生的影响？或者说，这样的问题可以做这样的发问，史铁生的作品有没有在你开发对母亲的情怀方面起到作用？

孙：我非常喜欢史铁生的文字，不管是随笔还是小说。在写《歌者》的时候，我常常能想起史铁生的《我与地坛》中的母亲形象。这种开发，也许是自觉不自觉，但我想说的是，我的母亲，确实是像小说中写的那样，内心世界极其丰富，对生活有着相当的宽容和理解力，这跟史铁生的母亲有某些相似之处。

姜：我特别喜欢你的中篇。但我也知道，你的书其实是不能看的，沉浸进去看，可能更不行。看你的书，人就可能无法走出来。读《歌者》时，我不但陷进去了，而且流泪了。母校吃松子玉米的细节，确实很能打动人。你总是能将最平凡的生活中的力量、温情、关怀挖掘同来。

孙：我不知我是否做到了你说的那样，但我极尽自己所有的敏感去体察，去发现，去表达。写作的过程，是发现的过程，而发现和表达，即依赖于你曾经的体察，又依赖于正在进行时的写作状态。写作的状态，对我来说有时比曾经的体察更重要，它可以让你进入到另一个宇宙——你笔下的宇宙。也就是说，你只有进入你笔下的世界，你的想象才有可能超出经验，在另一个层面上随意挥洒。

姜：你在《伤痛故土》里说第二十八天回去告别，这让我想起一点，你是不是特别在意时间？或者，女作家们是否都特别在意时间？

孙：那篇小说里的时间，可能仅仅是叙述需要。不过，我确实在意时间，我在意的时间不是故事发生的时间，而是故事在时间的缓慢流动中不期然的走向。一片树叶从树上掉下来，它不知道它会飘到哪里去，一阵流风，一阵疾雨，都会改变它的行踪、它的方向。如果说故事的魅力在于转机，那么这转机就需要依靠时间。在这里，时间呈两种形态：一是树叶从树上往下飘，一直到落到某处的有着长度的时间；二是树叶在途中，被风雨突然改变走向的瞬间的时间。相对而言，我更看重这瞬间的时间，我认为瞬间就是历史。因为是这瞬间改变了故事的历史，使我们的故事有了跟我们的生命相契合的不期然的模样。至于那时间的长度,不过是我给作品截取的一个段面,它并不是很重要。比如《歇马山庄的两个女人》为什么只写一年里的事情而不是两年?《民工》为什么只写三天的事情而不是三十天?这不重要,重要的是那些给人物命运和故事提供转机的瞬间如何降临,它掀起了怎样的波澜。

姜:在看完公公的故事后,再来看二哥。对二哥其人,我觉得他可怜,但又无法深怪于他。"我"确实断了他的某些想头。虽然,各人有各人的方向,这显然怪不得"我",但农民在那个土地上挣扎得太苦了。二哥有什么想法,我觉得都是可以理解的。

孙:二哥和公公,他们和所有乡下人一样,都怀有一腔理想。只不过他们理想的格局更大一些,他们的思想更灵活些,唯其这样,他们才更值得理解和同情,才让人觉得可歌可泣,可泣又可怜。

姜:说二哥可怜,其实是因为申家的家族信念在这里崩溃了。我觉得二哥似乎更应该是《春天的叙述》里的那个公公的儿子,他们有一种根脉是那么相似,甚至相同。

孙:他可以是那个公公的儿子,也可以是任何一个乡村人的后代。所谓乡土,其实是跟家族意识不可分割的一份精神的东西,它常常形成并支撑着乡下人奋斗的信念。我觉得这是整个乡村的根脉。

姜:在我读到《歇马山庄的两个女人》时,我知道了,在经过了那么多年的写作实践之后,你的语言感觉越来越好了。话在你的嘴里都生了根似的,而且还长出了枝丫,密密丛丛。你的语言,诚如你写李平,"简直就是一个被日子沤过多少年的家庭妇女",你的语言也是岁月沤出来的,富态而又大方。

孙:谢谢你的鼓励,我知道我做的还不够。所谓语言,跟写作者的生命状态是不可分割的,至少对我是这样。当我终于找到了存在的方向感,在城市里可以以一个写作者的姿态站立,故乡、故土成了我写作生命中的一个切口,我的语言也就在另一个维度上扎根,有了比过去更从容的姿态。从容,必定能焕发想象力。

姜:《还乡》写家园的迷失,也同样是写价值的迷失。这篇小说在写家园的迷失时,你是否想表现知识分子对价值的坚守?

孙:那个小说里的叔叔,既有我叔叔的影子,也有我的一个女朋友的影子,同时也有我自己的影子,可以说那叔叔的困惑就是我的困惑。商品经济大潮拍岸而来的二十世纪九十年代,我正在县城,作为一个小有名气的文人,有许多机会在考验着我,困顿、迷失,都曾经有过,并亲历着坚守的痛苦。

姜:应该看到的是,知识分子与我们这个社会中的大多数人有着某种隔膜,或者说,知识分子以他们的方式关怀这个社会的时候,并没有能得到认识与体认。这又让我想起俄罗斯文学中的那些游离于社会主流与基层的人们,我们现在的知识分子是不是也有了这样的状态呢?

孙:是,这是正常的。这不仅仅是当代的隔膜,历朝历代都是这样,每一种社会制度下的知识分子也都是这样,只不过变革中的当代中国要更强烈一些。我想,这不是知识分子的问题,也不是社会的问题,而是知识分子这种天然的角色决定的。知识分子之所以称为"知识分子",是不是他们先天的要比大众有着更多的理想?或者说先天就有了一种对社会的批判姿态,从而使他们的精神越想参与其中，越游离于大众？我说不太好。

姜：我觉得我们的作家可能现在要面临的另一个问题是：民众立场。我刚刚读完池莉的《托尔斯泰围巾》，我觉得池莉在这篇小说中也提出了这样的问题。这篇小说中的老扁担、张华是让人——特别是我们这些普通人——产生很多共鸣的。你在《还乡》里可能没有意识到这种立场，但是，你的其他作品，如公公、李平、潘桃这些人身上，都表明了你的立场与取向。

孙：你所说的民众立场，我没有想过，我想到的，还是前边说过的那种单个的个体和个人。我写公公、李平和潘桃这样的人物，不是因为我有了什么样的立场，而是当我感受到自己作为一个单独的个体存在着的时候，我分明感受到我身边的另一些个体的存在。我存在的方向感让我时刻不忘"识别"他们的存在和方向，"体会"他们的存在和方向，就像识别我自己，体会我自己。在《还乡》中，叔叔是有与一般大众不同的立场，他因为这种立场才与身边人隔膜，也因为这隔膜才显出了知识分子的价值观。但我的意思是，一个知识分子的价值观，不等同于一个写作者的价值观。作为单独的我，可能也有像叔叔那样的属于知识分子的与社会疏离的困境，但作为写作者，我更看重的是你是不是尊重每一个生灵和生命，这容不得半点疏离。

姜：在这样的背景中，叔叔的形象坚硬得很。公公、二哥、二妹子、叔叔，这一系列形象的塑造，是非常成功的，而恰巧这些人物似乎都带着那种因远离主流而产生的恐惧。

孙：这就对了，每个人的一生，都是存在的方向感不断迷失又不断找回的过程，这就像理想在你走近它时又跳到远处。史铁生说理想从来都不是用来实现的，它只不过是引你前行的诱饵。

我不敢说他们的形象成功，但我确实在努力写出他们在不断地迷失中瞬间的心灵历史。

姜：《还乡》这个中篇你后来融进了《歇马山庄》，你这样安排是为什么呢？

孙：不是先有中篇，它原来就在长篇里。那个故事是从长篇里裁出的，当时《青年文学》急着发东北作家专号，长篇刚刚写完，脑袋里除了歇马山庄的故事没有任何东西，就急就了这么个中篇。现在看，这不是一个明智的做法。

姜：另一个形象是翁惠珠，这也是一个非常有力度的形象，丰满而有张力。她由原先的外在的形象占有，直到占有了其他人物的内心。在她周围，有几个人物都显现出了非常本真的一面。

孙：翁惠珠是千千万万追逐城市梦想的一个，就像《春天的叙述》中的公公，就像《伤痛故土》中的二哥，就像《歇马山庄的两个女人》中的潘桃、李平，就像《歇马山庄》中的林治帮、小青。她和他们一样，都是我"城乡之间"小说中的悲剧人物。他们的悲剧形象，在我进入他们的生活之后，最先打动了我。

姜：当然，谈到形象，我觉得你对女性形象的塑造是十分在意的。你可能有意塑造一系列女性形象，从婆婆、母亲她们开始，到身边的好友与各种乡村女性。

孙：这跟我的成长经历有关，二十三岁之前，我一直在十八口人的大家庭里度过，上有奶奶、父母、母亲、三个哥嫂，下有八个侄子、侄女。在我们这个家庭之外，还有一个拥有五十多人的偌大的家族。一个家庭、一个家族得以维系，女人之间能否和谐相处是很重要的因素。而女人们，往往厨房就是她们的舞台，日子就是她们的战场，三个女人一台戏，所以很小的时候，我就体会了奶奶、婶子、母亲，还有三个嫂子，三代女人之间的心里斗争。英国作家伍尔夫说过，女人一向在客厅里讨生活，正可锻炼她们的心灵，来观察并分析别人的性格，这样的锻炼足以成为小说家而非诗人。她这句话，说出了她作为小说家的成长奥秘，也差不多说出了我为什么对女性命运格外敏感的奥秘。

三

姜：《上塘书》是不是一次将某一个地方作为一种文学形象的努力？或者，你的意思是想写一部乡村寓言？

孙：把一个地方当成人物来写，这是我的初衷，但这样的初衷绝没有写地方志的意思，那样的形式借鉴于毛泽东《湖南运动调查报告》中的"寻乌调查"。所谓地理、交通这样的小标题，只不过想从调查入手，为进入找到一个恰切的方式。多年来，当拥有在大城市与乡村之间游走的经历之后，我发现我心目中的乡村与外部世界有着本质上的相同，于是就相信一定有某种形式能够打通乡村与外部的通道。在这篇小说之前的所有小说，我写的都是人在城乡之间的困扰与纷争，只有这篇例外。让一个乡村整体出现在小说里，困扰与纷争只是一个个局部，而把这些局部联合进来，目的是让它对应着一个更大的整体，建立与外面世界本质性的联系。很多人关心的是小说的形式，似乎争议也在形式上，但对我来说，这里的内容更重要。那个上塘独有的精神世界，是外部生活的逆向延伸，而这里的每一个人物，每一条道，每一种仪式，无不与外面世界的意义发生联系。如果把上塘当成一个生命对待，那么，我的这次写作，就是在为上塘这个生命，找寻一个存在的方向,寻找一个与之对应的切口。

姜:目前你的两部长篇都是以地方命名的。这是不是有着某种巧合?

孙:不,不是巧合,是有意。因为我一直有着这样的想法,不管是一个人,还是一棵树,还是一个村庄,它们都是一个宇宙。它们都有着独属于它们,它们自己的细胞组织、生命样式。它们不管大与小,都是一个完整的机体,一个能够自动运转的物体。当两部写乡村的长篇,像生命一样在我的生命中孕育、分娩的时候,我愿意他们以个体生命的样式命名。

姜:我曾多次想写写乡村,但读了《歇马山庄》之后,我将这念头藏起来了。有了孙惠芬的乡村,其他人怕是难以进入了。林治帮与潘秀英谈话中的那个"拴"字,非常形象,我觉得你与乡村确实拴得非常紧。

孙:你过奖了,其实我知道这部小说存在很多问题。不过,说到跟乡村生活的联系,我倒算欣慰,我跟乡村拴得紧,主要原因是我在二十三岁之前的所有时光都在乡下度过。也就是前边说过的那种恨极生爱的扎根。

姜:阎连科、刘庆邦他们也写乡村,但他们写的是挣脱与出来,而你写的是扭结与进入。写乡村写到这份儿上,不让人感动都不行。

孙:我想,我和他们的不同可能是这一点,他们能够写出乡村生活中的酷烈和血腥,而我不行。我生性胆小,从来不敢直面这种酷烈和血腥,虽然我知道它并不因为我不看就不再存在。我的意思是,我愿意用柔软、温暖的方式。是不是这柔软和温暖,让人觉得是进去而不是出来。

姜：我一直认为你的写作是比较趋向于传统与内敛的。但是读完《歇马山庄》之后，我不这样看了，这部长篇，本质上仍然是铺张与张扬的。这可能就是骨子里的你。虽然在语言表层上你不紧不慢，但作为一个从乡村走出来的女作家，我们可能都被你最初的形象蒙骗了，你在这里给了读者与评论界一个惊喜。

孙：那确实是一次意外的铺张与张扬，那是一次少有的激情写作，我好像被什么东西烧着了。现在想来，那是迷失自我之后的一次呼喊，就是前边说过的，失去了存在的方向感，当我从县城来到大连，彻底地迷失在喧嚣的市声里，就如同走丢在森林里的孩子，呼喊是最本能的选择。那个时候，我太需要让别人知道我到底是谁、走到哪里了，想收敛自己是不可能的。实际上，在写到二十四万字的时候，我就不再迷失，就知道作为一个写作者的个体，我已经站了起来，就知道写作本身，就是这个世界向我打开的一个切口，当然更知道，这个切口，通着的不再是城市，而是乡村。

姜：你写到了浇油，写到了黑眼风，这些都让人觉得你与乡村与故土拴得太紧。但这部长篇，从技术上讲，是不是少了些讲究？譬如，买子的出场晚了些。

孙：我信奉这样的话，真正的写作是一次内分泌。现在回想，《歇马山庄》的写作就是一次分泌，人物的出场和故事的转折，都由不得自己，包括语言。写到后来，就觉得许多语言是语言中生出来的，就像树上的果实。不过，现在看来，确实杂芜了一些，有些枝蔓横生，这都怪当时心中的肥料太充足了，致使小说生长的势头太迅猛了。但这似乎是一对矛盾，我在想，对《歇马山庄》而言，如果不那么迅猛，没有了那些枝蔓，是不是就不再是它了呢？当然，这之后的写作，我还是注意了一些技术的东西。

姜：这部书的一开头就精彩纷呈。但确实，关于"性"的描写在这本书中还是有很大比重的。这样写开头的初衷是什么？

孙：出于故事和人物的需要。因为月月和国军新婚之夜那场大火是整个故事发展的源头，那小说截取的时间是一年，想让主人公在一年里完成结婚、婚外恋、怀孕、打胎、重新选择生活这样的过程，必须一开始就急促和热烈，因为人物对生活的认识往往是越来越冷静。热烈的开头是希望给后来的冷静留下空间。这部小说，除了开头是精心设计，后来的脉络都是顺理成章的。

姜：关于"性"的描写，我从个人体验的角度出发，觉得与乡村的真实是很贴近的。

孙：性，我一直认为它和爱一样，是至高无上的，即使它有时候和爱分离。在我所熟悉的精神生活相对贫乏的乡村，性比爱更能支撑男人们过日子的信念，这里也包括一些觉醒的女人。我一直有个感觉，那就是在对性爱和身体的认识上，乡村人未必就落后于城市人，农民未必就落后于知识分子。一些知识分子在把爱看成是至高无上的精神生活的时候，往往放低了性的地位。这对生命是一种不负责任，或者说是一种虚伪，乡村人可能从不知道对生命负责，但他们最少虚伪。

姜：一般人认为，写到"性"，人们就会联系个人化写作啊什么的。不过，我现在倒是想问一问，你如何定位自己的写作？譬如说，传统写作、现代、后现代、私人化写作什么的。

孙：我不知道，我想可能是介乎传统和现代之间。

姜：我看了几篇关于你的评论，觉得有些评论家实在离生活太远，对乡村也可以说很隔膜。他们不懂农村。《歇马山庄》里的"性"，以及你其他作品中对乡村爱情的描写，其实是农村较为常见的。过去与现在，大多是这样的状况。与什么现代性与现代主义也是两码事？我觉得这里的关键还是一种乡村精神。你觉得《歇马山庄》里的乡村精神与现实生活中的真正的乡村精神是一回事吗？有没有距离？当然，后一种问法我知道有点不着调。小说嘛，应该是高于生活的。

　　孙：评论，是评论家的创作，和小说关系究竟有多大，很难说。我想，我在作品里写性，跟乡村的真实生活可能没有多大关系，而跟我个人对性的意识和观念有关系。我这么说，并不是说我不遵循生活的真实，不是。我是说是这种意识和观念，影响了我如何看待乡村。而我的意识和观念和形成，倒有必要说一说，它是从母亲那里传授而来的。我的母亲，是乡下女人，她没读过一天书，但对男女之间的情感和性爱有着非同一般的理解和尊重。比如当许多老人以道德的面目给那些粗鄙的性爱故事主人公以"流氓"和"破鞋"的评判的时候，她从来都保持缄默，我甚至都没从她嘴里听过一句"生活作风问题"这样的词。依母亲的经历，她没有道理这样。在我了解的母亲的经历中，她其实深受这种东西的伤害。我的姥爷是乡间地主，他在我的姥姥四十岁的时候，在外边聚赌沾上一个女人，死活要把她娶回家去，任母亲和舅舅怎么抵挡都抵挡不住。母亲的家就眼见着丢失在姥爷和这个女人的在一般人看来不道德的情感之中，因为就在那一年，我的姥姥含恨死去。一个没读过书，一辈子没走出乡村的乡下女人，应该从此对此类事深恶痛绝，可是完全不是这样。她在向我讲述这段故事时，除了叹息，没有一点尖锐的词语。这一点使我从小到大的印象简直太深了。长大以后，当我有了一些人生阅历和创作经历，当我发现任何粗鄙的性爱故事都无法让我痛恨和厌恶，我知道她对我的影响有多大。母亲对性爱的态度，与经历和教育无关，完全来自她对生命的理解，对人性的宽容，当然这是相辅相成的，她的宽容也正来自她的理解。我想一定是这样，不然你做不出更好的解释。《歇马山庄》小说发表之后，一些关心我创作的文学前辈看到其中对性的描写痛心疾首，纷纷写文章批评、上告并找我谈话。在他们发表的文章里，在他们找我谈话的语言里，他们使用的词比乡下人使用的词还要不堪入耳，让你觉得性是要多龌龊就有多龌龊的事情。这时我知道，知识和文化实在不是一回事，一些人，看上去很有知识，但他们一辈子都不了解身体，包括他们自己的身体。

姜：噢，竟然有上告与找你谈话的事？新鲜。

孙：是，当时局势很严重，大连市委宣传部拿掉了此作品的一个奖，省报上发表了一篇类似大批判稿一样的文章。所以我就想，我的母亲，她大字不识一个，她却能够积极地去理解生命，实在太可贵了。这也就涉及你提到的后一个问题，就是小说里的乡土精神和现实的乡土精神是不是一回事的问题。我想说，既是，又不是。说是，是说在性和爱这个事情上，乡村这个生命群体更本真更原始，更少一些羁绊，我遵循了这种本真和原始。说不是，是说，在我看来，无论是城市还是乡村，人性的需求和愿望没有多少不同。我在写作时，更多的时候还是遵循了这种共通和相同。

姜：我觉得既然已经凸现了月月，文本完全可以围绕她来铺开。其实，像月月、小青，既然是中心人物了，那你仍然不妨再写一次歇马山庄的两个女人。那个死去的翁庆珠,其实并没有多少正面的笔墨。所以,我说这《歇马山庄》还是歇马山庄的两个女人,呵呵!

孙:这个提议很有意思,在那部长篇已经完成,而那些人物还没有走远的当时,确曾有过这样的想法,但当时太累了,对继续写她们十分恐惧。投入地写作一部长篇实在是太累了,当时太想休息了。谁知道,这一休息,这些人物就走远了,而另一些人物向你走来。我一直觉得,到底谁,在什么时候向你走来,你是无法预知的,你所能做的只有迎接他们。

姜:像火花,可能也有点故意搞出的神秘。她其实不就是那个陈经理与林治帮的女儿吗?你为什么要让她见证那么多很重要的事情呢?这样安排,到底是出于什么样的考虑?

孙:前边一再谈到的不可预知,其实就是在说生命的神秘。无论自然生命还是人的生命,都有一个冥冥之中的存在,都有一种东西在冥冥之中操纵,你可以说它是命运,也可以说它是宿命,但无论是什么,它总是在你身边,无所不在。它操纵着你,你却永远不知道它在哪里;它操纵着你,你却永远不知道你的前方有什么;你不知道前方有什么,却分明又知道上天把一切都安排好了。火花在作品里代表的,就是这样一种类似天意的东西,冥冥之中的存在,它在人们身边无所不在。我知道我没有处理好,揉得不是很自然。

姜:《歇马山庄》的女性视角,我觉得很多评论家都在强调,我倒觉得未必要如此。前些日子看《给青年小说家的信》,我觉得马里奥·巴尔加斯·略萨在他的书里提出了一个叙述者与作者的区别问题倒是挺有意思的。作者是女性,叙述者则作为书中的一个形象，作者假他之口在讲歇马山庄的事，倒是不能仅仅看作是女性视角。

孙：你说的没错，我没有有意表现女性视角，评论这么说，可能缘于月月这个人物对爱情的态度。在她的态度里边，有一种对男人的失望，这失望建立在对男人从不放弃的希望上。人们误以为她代表我的态度，其实不是。在整个作品里，我其实是中立的立场，我对买子、林治帮、国军，包括虎爪子这些人物，都给予充分的理解。

姜：我强调这一点，是发现，很多时候，人们给里面的任何情节都安置在一个女性的视域之中。譬如，林治帮的事儿、林治亮的事儿、买子的事儿、林国军的事儿。其实，是不能这样放置的。这样安排对作者其实是一种不尊重。对评论者自己而言，也是在偷懒。小说嘛，不是写男人就是写女人。强调女性视角是不可取的。应该说，这些是安排在叙述者的视域之中而不是作者的视域之中。

孙：你说的非常好，只不过是叙述者的视域，而不是作为女性的我个人的视域。

姜：但显然，关于女性的东西，你通过月月，是表达出了某种观点。这隐含在作品中的观点，可能还非常坚硬，也非常疼痛。月月是个让人爱也让人特别尊重的女人。所以，她后来到了果园里，我特别舒心，我松了口气，觉得她的命运回到了自己的手里，她主宰了她自己。而买子这时则显得有点阴暗。

孙：作品里月月有一句话，不知你是否注意到，"在对待爱情的态度上，最见人的品质。"如果说有观点，这就是我写作前的观点。有的男人终生可能有很多女人，但他从来没有爱过女人,而另一些男人可能一辈子身边没有女人,但他真正爱着女人。他的没有女人正因为他爱着女人,怕伤害女人,即那种无情的多情。在买子最初来到我笔下时,我压根就没想让他成为有品质的懂得爱女人的男人。依我的想法,把买子写得再阴暗都不过分,因为现实生活中,在对待爱情这个问题上,大多男人是经不起推敲的。可是写着写着,不知怎么,我竟理解买子了,也理解了男人共性的局限,似乎作为他,不可能有超出这种做法之外的另一种做法。那另一种做法,只能是另外很少的人所为,比如长相丑陋内心纯正的古本来。跟古本来比,跟月月比,买子是有些阴暗,但事实上,他已经相当不错了,我已经给了他太多的同情。

姜:当然,有人说月月曾经迷失于自己的角色预设中,我也不是太赞同这样的看法。女人不活得像女人又有什么意思?也就是说,女人的伦理定位与社会价值首先是从女性角度出发的。月月作为妻子,或作为情人,或意欲成为母亲,我觉得都没有错,这是女人的权利。关键是,这里有一个如何看待女人权利的问题。不要拿性说事,不要拿女人的需要说事,这应该是男人的态度。我觉得林国军和买子都在这里犯了错误。林国军阳痿不是错,错在他的报复。

孙:所谓角色迷失,是说她太坚持太执着,让人觉得偏执,这正是她的可贵之处。她不放弃,这是当代女性少有的品质,我在她身上寄予了对女人的理想,即:爱着自己做人的尊严。这和买子、国军有着本质的不同,他们也爱,但他们爱的是自我的利益,跟尊严无关。

姜:你与家乡的关系是不是可以用"伤痛"二字来做全部概

括？为什么会有伤痛呢？又伤痛于哪一点呢？后来你又伤痛城市，你是不是天生有着伤痛情怀？

孙：是。伤痛，是我活着的一种状态，是我活在世上最有质感的一种支撑。这种质感，绝不是说我比别人多多少少坎坷，多多少苦难，不是，它缘于我的敏感，我的乐于体悟，我的深于忧患。我想，是伤痛，使我获得种种只有通过文字才能表达的情感体验，获得最初与文学走近的契机，获得文学样式的人生。我知道，在如今的商品时代，文学的样式早已不再是人生的最佳样式，可它却是我生命的最佳样式。因为只有这样，我才永远知道我是谁，我为什么伤痛。

姜：你在这部长篇里仍然动用了你的家族的材料，至少月月有着你的影子。你似乎对你的家族比常人更有一种荣耀感。这是否是你写作的源泉或动力？

孙：说到家族荣耀感，我想可能真的是有，这未必一件好事。这跟我的家族在当地的影响有关，也跟奶奶这个人物在当地的威望有关。我的奶奶是小镇女人，1889年生人，她读过书，崇拜孙中山，思想很开放，她很年轻时就走南闯北，这在那一代女人中是少有的。因为她的教育，我的父辈们十几岁就离开乡村，到外面奋斗，经商、读书、工作。我的父辈们，除我父亲外，都因为这种奋斗，娶了小镇读过书的女人做妻子。所以很小的时候，我就感受了我们这个家族与乡村其他家族的不同。这荣耀感不管是不是好事，它确实是我最初创作的源泉，因为作为一种参照，它让我不断识别周边的生活，让我很早就学会识别前边说过的那种存在的方向。但是，现在，这种荣耀感不再有了。一方面，奶奶父辈们相继去世，上一辈只剩下母亲和一个婶子，到了我这一代和下一代，家族里人都从乡村迁出来，散居在各地，那种家教家风构不成任何整体的力量，更谈不上家族氛围；重要的是，随着年龄的增长，外面世界的不断打开，我越来越拥有了批判的眼光，越来越多地看到了我们这个家族的局限。不过，我相信，这是写作的又一种动力和资源。

姜：《歇马山庄》中的几个人物非常丰满，但作为一部长篇小说，你是否觉得它有时候啰唆了些？我的意思是，节奏上有时候显得太慢，线索上有的地方显得有点枝枝蔓蔓的，譬如月月的叔叔回乡的事，似乎与主题没有多大联系。

孙：《歇马山庄》确实有许多不足之处。但月月叔叔回乡这个情节我还是认为很重要，歇马山庄作为一个现代乡村，必定受着种种外来事物的冲击，叔叔是歇马山庄走出去的知识分子，他的回乡实属必然，尤其他的回来，让月月看到了对爱情的另一种认识和眼光。实际上，这个情节的出现，也实现了我的另一部分理想，在写《上塘书》时也有过的这理想，就是打开狭小乡村世界与外部世界的秘密通道。只不过《上塘书》里的打开，靠的是对乡村世界本质性的认知，而《歇马山庄》中的打开，靠的是月月叔叔向乡下掀开的城市的一角。我想，你之所以一再觉得这个情节多余，可能还是跟先读到《还乡》这个中篇有关，所以我说从长篇中抽出那个中篇，是很不明智的。

姜：我想在这里继续探讨一下乡村政治。林治帮的政治家族化的努力和王书记搞掉镇长的狡诈可以作为乡村政治的最典型的细节了。乡村政治，我觉得在阎连科和毕飞宇的笔下，写得非常深刻，你的这本书里是不是也有想要表现乡村的政治的？

孙：没有，我没有明确地想过乡村政治。它们进入我的笔下,还是因为它们是乡村生活中很重要的部分。我不知道阎连科、毕飞宇他们写乡村政治出于什么考虑,对我来说,可能还是前边说到的存在的方向感。在乡下平民百姓那里,村干部林治帮可能就是他们存在的方向,他让他们看到他们通着国家这个血管。同理可证,在村干部林治帮那里,乡长又是他延伸的方向和血管。我是说,我写乡村政治,是不自觉地将自己的方向感带到了笔下的生命里。并非有意。这在《上塘书》里更为明显,在那里,上塘人的方向既在电视里又在通向外面的道路上,更在通着外边的通讯、贸易里。

四

姜:对《上塘书》《城乡之间》和《街与道的宗教》这三本书,你是如何看的?你是否曾担心读者会在这里读到很多重复的东西?

孙:《街与道的宗教》是一部独立的散文,写作时一气呵成,感觉极好。当时陕西师范大学出版社在做一套丛书,是有关作家与地理的,大意是要求写和自己成长相关的地方,也就是情感的地理。情感地理,这说法一下子点燃了我,几乎不到一周,就进入创作状态。那同样是一段燃烧的时光,只不过那燃烧的是回忆,是让心灵回到真实的童年少年,贴着真实的成长经历,不像《歇马山庄》的写作,要在虚构的世界里呼喊、张扬。我对它的喜欢超过了对《歇马山庄》的喜欢,这一方面因为它真正记录了我的成长,一方面因为这次写作,让我看到我已经能够微笑着面对以往的苦难。以往的苦难已经化作明媚清爽的文字,那里边的残雪烈日，疾风苦雨，通通有了微笑的模样。有的朋友甚至说，这是我最好的作品。它在当年的《作家》杂志上全文发表，反响确实不错。后来，昆仑出版社出"汇报者丛书"，要求前半部分写一点自传性的东西，我只有把《街与道的宗教》里边写到的东西抽出部分。因为一个人不可能有两个不一样的成长，所以给了你重复感。其实一些东西一旦从《街与道的宗教》里抽出来，就不再是成形的作品，它只是经历而已。而《城乡之间》主要是一本小说集。《上塘书》嘛，它是一部纯虚构的小说，和前两本没有任何重复之处，这三本书，《上塘书》和《街与道的宗教》在我心中分量一样重，它们超出了《歇马山庄》。应该这么说，没有《街与道的宗教》的写作，就不会有《上塘书》的写作。在写那本自传体散文的时候，我对乡村有了新的发现。

姜：对萧红这样的作家，很多人都有意将你与她进行比较。你觉得除了地域的因素之外，你与这位现代文学史上的女作家都有哪些联系？或者说，你是否曾着意地研究过她的小说？

孙：我非常喜欢萧红，在她的作品中，我能感受到真正的荒蛮气息。如果说在文字的乡村中还能找到家园感，也就萧红了。在萧红的文字中能找到家园感，一定是有地域的因素，东北乡野的空旷孤寂，是别的地方所没有的，但重要的一点，还是萧红对乡村空旷孤寂独到的体会和表达。她那因为孤寂而四处野跑的童年，那因为野跑而对乡村风土人情深深的爱恋，我那么熟悉，却又那么让我震撼。萧红对我的影响不是技术上的，而是情感方式上的，这和沈从文对我的影响有些相似，她教会了我如何艺术地看待乡村。

姜：你对城市有一种情结，从《城乡之间》里的大部分作品也看得出这样的情结,但现在可以基本认定,你是写乡村很出色的作家,你对乡村有一种执着与厚爱。

孙:对乡村有一种执着和厚爱,这一定是没错,但说出色,我不敢当。有沈从文,有萧红,我永远不会觉得自己出色。我知道要做到出色,付出一生的努力也未必达到。

姜:我觉得你在写作过程中,有时候可能过于重复自己了。当然,资源的不断开发与不断利用不是坏事,但在这种情况下想要突破自己可能就难。读者有时候也会不认账。

孙:是的,一个写作者写一个地方,最后你自己就成了一个地方。读者在看你时就会看到许多熟悉的景观,这倒不是我担心的,我最担心的事就是横看不成岭,竖看不成峰。在这一点上,我会加倍谨慎,我会努力在自己的文学地图上勾勒出新的高山峻岭。

姜:最近你有什么动静?下一步准备写什么呢?或者先停一停,两部长篇结束了,可能也该先歇会儿了,呵呵……

孙:没什么动静,刚写完一部中篇,是有关孤独的主题,写一个癌症患者的最后时光,同样置于歇马山庄这样一个地理环境,那是因为一段时间里对孤独深入骨髓的体会,写得不寒而栗。将发表于《钟山》杂志。2005年,要写几个短篇,然后把更多的时间用来读书和回乡下走走。

图书在版编目（CIP）数据

我的稻草时代/孙惠芬著.—济南：山东文艺出版社，2019.5
ISBN 978-7-5329-5849-8

Ⅰ.①我… Ⅱ.①孙… Ⅲ.①散文集—中国—当代 Ⅳ.①I267

中国版本图书馆 CIP 数据核字（2019）第 070046 号

我的稻草时代

孙惠芬　著

主管部门	山东出版传媒股份有限公司
出版发行	山东文艺出版社
社　　址	山东省济南市英雄山路 189 号
邮　　编	250002
网　　址	www.sdwypress.com

读者服务	0531-82098776（总编室）
	0531-82098775（市场营销部）
电子邮箱	sdwy@sdpress.com.cn

印　　刷	山东临沂新华印刷物流集团有限责任公司
开　　本	880 毫米×1230 毫米　1/32
印　　张	6.5
字　　数	140 千
版　　次	2019 年 5 月第 1 版
印　　次	2019 年 5 月第 1 次印刷
书　　号	ISBN 978-7-5329-5849-8
定　　价	36.00 元

版权专有，侵权必究。如有图书质量问题，请与出版社联系调换。